세르반테스의 『돈키호테』 읽기

세창명저산책_083

세르반테스의 『돈키호테』 읽기

초판 1쇄 발행 2021년 8월 9일
초판 2쇄 발행 2024년 1월 2일

—

지은이 박 철
펴낸이 이방원
기획위원 원당희
책임편집 조성규   **책임디자인** 손경화
마케팅 최성수 · 김 준   **경영지원** 이병은

—

펴낸곳 세창미디어

　　　　신고번호 제2013-000003호 **주소** 03736 서울시 서대문구 경기대로 58 경기빌딩 602호

　　　　전화 723-8660 팩스 720-4579 **이메일** edit@sechangpub.co.kr 홈페이지 http://www.sechangpub.co.kr

　　　　블로그 blog.naver.com/scpc1992 페이스북 fb.me/Sechangofficial 인스타그램 @sechang_official

—

ISBN 978-89-5586-686-5 02870

ⓒ 박 철, 2021

Miguel de CERVANTES

세창명저산책_083

박 철 지음

세르반테스의 『돈키호테』 읽기

세창미디어
MEDIA

돈키호테를 위하여

1915년, 『돈키호테』가 한국에 처음 소개되었다. 이후 국내에서 수많은 『돈키호테』가 중역본으로 발간되었다. 2004년에는 『돈키호테』 출간 400주년을 맞아 스페인어 원전에서 직접 한국어로 번역된 완역본이 처음 발간되었다.(박철 역, 『돈키호테』, 시공사, 2004)

필자가 『돈키호테』 번역 작업을 마치고 한 첫마디가 바로 "2편 참 재밌네"라는 탄사였다. "1편도 다 못 읽었는데 900페이지나 되는 2편까지…" 하면서 주저하는 독자들이라면 걱정 말고 이 재미난 세계로 어서 들어오라고 권하고 싶다.

『돈키호테』는 180여 개 언어로 번역되었다. 성서 다음으로 많은 외국어로 소개된 소설이다. 프랑스의 비평가 생트뵈브는 『돈키호테』를 '인류의 성서'라고 했으며, 윌리엄 포크너는 "매년 성경처럼 『돈키호테』를 읽는다"라고 고백했다. 밀란 쿤데라는 "모든 소설가는 어떤 형식으로든 모두 다 세르반테스의 자손들"이라고 말했다.

『돈키호테』라는 작품이 세계적으로 유명한 것이 사실이기에 대부분의 독자들은 어릴 때 『돈키호테』 요약본을 한 번쯤은 읽고 풍차와 싸우는 기사 돈키호테를 기억한다.

『돈키호테』는 어린이나 성인 모두 자신의 눈높이에 따라서 읽을 수 있는 작품이다. 어린이들은 『돈키호테』를 읽으면서 만화적 재미와 흥미를 느끼고, 청소년들은 인간의 꿈과 이상을 발견하며, 성인들은 삶에 끊임없이 도전하는 돈키호테에게서 실존적 고뇌를 느낀다.

세르반테스는 서문에서 "『돈키호테』를 읽으면 우울한 사람은 웃게 되고, 생글거리는 사람은 더 즐겁게 되고, 분별력 있는 사람은 기발한 고안에 놀라게 되고, 신중한 사람은 작품을 칭찬하지 않을 수 없다"(1편, 서문, 31쪽)라고 기술하고 있다.

『돈키호테』 1편은 1605년 출간되자마자 광기 어린 주인공의 모험이 모두에게 웃음을 제공하며 베스트셀러가 되었다. 그 무렵 스페인 왕국은 반종교개혁운동[1]과 합스부르크 절대왕정의 통치하에 있었는데, 자유롭게 글을 쓰는 것은 사실상 불가능하거나 목숨을 걸어야 하는 일이었다. 그러나 17세기 당시 '종교재판관들을 위한 교본서'에 따르면, 이단자를 처벌하는 '종교재판소'는 광인에 대해서만큼은 아예 문제를 삼지 않았다. 이런 상황에서 작가는 기사소설이라는 형식 속에 돈키호테의 광기를 문학적 수단으로 이용하여 귀족들의 세습 제도를 비판하고, 남녀평등을 외치고, 인간의 자유와 명예를 수호하고, 땀이 혈통을 만들 수 있는 유토피아적 세상을 그렸다.

돈키호테는 2편 58장에서 산초에게 이렇게 말한다.

"산초야, 자유란 하늘이 인간에게 내려 주신 가장 고귀한 선물 중 하나이다. 자유와 명예를 위해서라면 자신의 목숨까지 걸어

---

[1] 마르틴 루터를 중심으로 로마 가톨릭 교회에 반대했던 종교개혁운동에 대항하여, 스페인 왕국은 반종교개혁운동(1545-1648년)을 벌였다. 이단자를 색출하기 위하여 전 국토에 종교재판소가 설치되었다.

야만 한다. La libertad, Sancho, es uno de los más preciosos dones que a los hombres dieron los cielos; por la libertad así como por la honra se puede y debe aventurar la vida."

한편, 『돈키호테』 1편 9장에서 아랍인 역사가 시데 아메테 베넹헬리가 『돈키호테』의 새로운 작가로 등장하자 독자들은 어리둥절해진다. 그리고 『돈키호테』 1, 2편에 걸쳐 모두 14편의 액자소설들이 나오면서 책 읽기를 더욱 어렵게 만든다. 또한 기사 돈키호테의 모험들이 실제 현실 세계에서 벌어지고 있는 것처럼 서술하는 메타픽션적 기법도 그렇다. 이처럼 『돈키호테』 소설은 포스트모더니즘적 글쓰기로 인하여 독자들이 책을 읽다가 혼란스러움을 겪는다. 이는 혹시라도 있을지 모를 종교재판소의 고발을 피할 목적으로 저자가 새로운 글쓰기를 고안한 것이다.

『돈키호테』에 숨겨진 근대 사상으로 평론가들의 관심의 대상은 "인간은 각자 자신의 땀과 노력으로 자신의 혈통을 만든다 Cada uno es hijo de sus obras"라는 것이다. 세르반테스는 이처럼 짤막한 문장으로 귀족들의 혈통 세습을 반대하고 나섰다. 세르반테스는 여러 군데에서 이 같은 문장을 반복 사용하고 있지만, 국내 독자들이 이를 제대로 이해하지 못한 것은 작품에 대한 적확한 번역이 이루어지지 못한 데에도 원인이 있다.

"글은 흰머리가 아니라 지혜로 쓰는 것"이라고 세르반테스는 말한다. 그는 58세의 나이에 『돈키호테』 1편을 출간하고 10년 후 『돈키호테』 2편을 마무리한다. 68세에 탄생시킨 『돈키호테』 2편을 읽어 나가다 보면 세르반테스의 인생에 대한 성찰과 삶의 지혜가 최고의 경지에 이르렀다는 것을 느낄 수 있다. 온갖 시련에 굴하지 않은 불굴의 정신과 삶이 그의 소설 『돈키호테』에 스며들어 있다.

저 대단한 1편 이후 그는 더 많은 것을 더 즐겁게 2편에서 보여 주었다. 산초 판사의 거침없는 입담과 천생의 짝꿍 돈키호테와 산초의 엎치락뒤치락하는 모습이 그렇다. 2편에서 돈키호테는 점차 과대망상에서 벗어나 현실주의자가 되어 가고, 산초는 주인의 예전 모습을 닮아 가면서 매일매일 주인에게 훈계하는데 이 장면들은 너무도 교훈적이다.

21세기를 사는 우리에게 돈키호테의 정신이 그립다. 근대의 변곡점에서 길을 잃고 광인 아닌 광인으로 매도되었던 주인공이 지금 이 시대에 희망을 잃어 가고 있는 우리 젊은이들에게 주는 메시지는 무엇일까? 바로 "인간은 각자 자신의 땀과 노력으로 자신의 혈통을 만들어야 한다"라는 것이다. 그렇다면 돈키호테의 시대와 금수저 흙수저 논쟁이 한창인 이 시대는 무엇이 다를까? 『돈키호테』 1편 18장에서 돈키호테가 산초에게 하는 이야기에서 그 답을 찾아볼 수 있다.

> "산초야, 너는 알아야 해, 인간은 남보다 더 노력하지 않고서 남보다 더 훌륭해질 수가 없다는 것을. Sábete, Sancho, que no es un hombre más que otro si no hace más que otro."

『돈키호테』 1, 2편 모두 원전 번역을 읽게 된 마당에 아직까지 해설서 한 권 없는 현실에서 세창미디어가 기획한 명저산책 시리즈 『세르반테스의 《돈키호테》 읽기』 해설서를 출간하게 되어서 기쁘다. 『돈키호테』 출간 400주년을 맞아 원본 완역본이 나온 한국에서도 이 책을 읽는 즐거움과 동시에 인류에게 던져 주는 값진 자유 정신과 삶의 지혜를 다시 찾을 수 있기를 기대한다.

본 해설서에서는 본문 참조를 위하여 필자가 번역한『돈키호테』1편(개정판, 788쪽), 『돈키호테』2편(908쪽)의 번역본을 인용한다.(『돈키호테』1, 2편, 2015, 시공사) 본서의 출간을 위해 애써 주신 모든 분들에게 감사드린다.

2021년 7월

돈재 박 철

| 차례 |

1장
세계 최고의 고전,『돈키호테』

1. 인류의 성서

서구 문학 연구자나 작가들에게 서양 문학에서 가장 위대한 작가를 꼽으라고 하면 단연 세르반테스와 셰익스피어를 꼽는다. 노벨문학상의 본거지 스웨덴의 작가연맹은 2002년 전 세계 100여 명의 작가를 대상으로 역사상 가장 훌륭한 소설 100편을 선정하기 위한 설문 조사를 시행하였는데, 그 결과 최다 득표를 한 작품이 바로『돈키호테』였다. 400년 전의 소설이 오늘날까지 세계 최고의 자리를 지키고 있는 이유는 무엇일까?

프랑스의 비평가 생트뵈브는『돈키호테』를 '인류의 성서'라고 불렀으며, 러시아의 작가 도스토옙스키는 "『돈키호테』보다 더 심오하고 힘 있는 작품을 만난 적이 없다"라고 했다. 또한, 밀란 쿤데라는 "모든 소설은 어떤 형식으로든 모두 『돈키호테』와 세르반테스의 자손들"이라고 했다. 『돈키호테』는 상호 텍스트성, 메타픽션 등 현대 문학의 이론들이 내포된 근대소설이기도 하다. 그래서 르네 지라르는 "서구 소설의 모든 아이디어는 『돈키호테』에 그 씨앗을 가지고 있다"라고 말했다. 포스트모더니즘 문학의 선구자로 꼽히는 아르헨티나의 보르헤스를 비롯해 가르시아 마르케스, 움베르토 에코 등 현대 작가들에게 『돈키호테』가 미친 영향은 절대적이다.

이처럼 소설 『돈키호테』가 출간된 지 400년이라는 긴 시간과 공간을 뛰어넘어 전 인류 최고 소설로 평가되고 있다는 것은 21세기를 사는 현대인, 특히 이 시대의 젊은이들이 왜 『돈키호테』를 읽어야 하는지 그 이유를 충분히 말해 주고 있다.

스페인 왕립한림원 원장 다리오 비야누에바 박사는 인류에게 훌륭한 고전이 되기 위해서는 그 작품이 언어, 문화, 시대의 장벽을 초월해야만 하고, 작가가 작품을 출간하고 나서 수 세기가 지난 이후에도 그 주제가 멀리 떨어진 다른 나라의 남녀

노소에게까지 공감을 주어 계속 회자되어야 한다고 말한다. 바로 『돈키호테』가 그러한 최고의 고전이다. 그러나 국내 독자들에게 『돈키호테』는 아직도 어린 시절에 읽은 만화 정도로 인식되고 있으며, 현실감각이 없는 미치광이 기사로 잘못 알려진 안타까운 실정이다.

2. 자유와 정의를 찾아서

스페인 왕립한림원이 출간한 스페인어 사전Diccionario de la lengua española에서는 '돈키호테Don Quijote'의 사전적 의미를 이렇게 정의하고 있다.

"세르반테스가 만든 영웅으로서 자신의 이익보다는 이상을 더 우선시하는 사람이며, 자신이 옳다고 생각하는 것을 수호하기 위하여 사심 없이 위험에 직면하면서 행동하는 인간이다."

『돈키호테』 1편 서문에서 작가는 당시 유행하던 통속적이고 비현실적인 기사소설을 응징하기 위하여 이 소설을 쓰게 되었다고 말한다. 그 무렵 스페인 왕국은 합스부르크 절대왕정의 통치하에서 반종교개혁운동을 주도하고 있었는데, 그 시대에 작가가 양심에 따라 자유롭게 글을 쓰기 위해서는 자신의 목숨까지도 걸어야만 했다.

이러한 상황에서 세르반테스는 기사소설이라는 형식 속에 편력기사 돈키호테의 광기를 문학적 수단으로 이용하여 교묘히 당시 교회, 귀족, 사회, 정치문제 등을 날카롭게 비판하면서 '멋진 공화국', 즉 새로운 유토피아를 꿈꾸었다. 토머스 모어의 『유토피아』에 감명을 받은 세르반테스는 종교의 자유, 남녀 간 사랑의 자유, 귀족 세습 제도 폐지 등이 이루어진 정의로운 사회를 꿈꾸었으며, 이것을 자신의 소설 『돈키호테』에 이상적으로 그렸다.

돈키호테는 자유와 정의를 지키는 진정한 기사의 표상이다. 불의와 타협하지 않고 약자를 괴롭히는 악당들과 싸우고, 자신의 정신적인 지주인 둘시네아를 향해 지고지순한 사랑을 바치는 순수하고 이상적인 인간이다. 실제로 돈키호테에 '자유 libertad'라는 어휘와 '자유로운libre'이라는 어휘가 총 137회나 등장하고 '정의justicia'라는 어휘가 총 49회나 언급된 점을 볼 때

『돈키호테』라는 작품이 얼마나 인간의 '자유'와 사회의 '정의'를 갈망하고 추구하는지 쉽게 짐작할 수 있다.

21세기를 사는 우리 현대인들에게 『돈키호테』는 "자유와 명예를 위해서라면 자신의 목숨까지 바쳐야 한다"(2편, 58장, (689쪽) 라는 고귀한 인간 정신을 보여 준다.

2장
미겔 데 세르반테스Miguel de Cervantes의
생애

    인류 최고의 걸작 『돈키호테』를 이해하기 위해서는 작가 미겔 데 세르반테스의 생애를 반드시 살펴봐야 한다. 왜냐하면 칠전팔기의 정신으로 수없이 많은 시련과 좌절 속에서도 오뚝이처럼 다시 일어서는 돈키호테의 모습이야말로 꿈과 희망을 잃지 않는 세르반테스 자신의 자화상이기 때문이다. 어려운 가정환경 속에서 정규 교육을 받지 못하고도 환갑의 나이에 비로소 돈키호테 1편을 출간하고 이후 타계할 때까지 10여 년간 불굴의 작품 활동을 통해 2편까지 세상에 내놓은 세르반테스의 삶과 생애를 살펴보기로 한다.

1. 유년 시절

미겔 데 세르반테스는 1547년 9월 29일 마드리드에서 동쪽으로 34킬로미터 떨어진 알칼라 데 에나레스Alcalá de Henares에서 태어났다. 16세기 스페인 왕국은 카를로스 황제가 신대륙을 정복하고 유럽을 지배하면서 신성 로마 제국 황제를 겸하며 "스페인 영토에서는 해가 지지 않는다"라고 호언하던 시대였다.

세르반테스의 아버지 로드리고 데 세르반테스는 이발사 겸외과 의사였는데, 그는 1542년 레오노르 데 코르티나스와 결혼하여 7명의 자식을 두었다. 그중 미겔 데 세르반테스는 넷째 아들로 태어났다. 오늘날과 달리 당시 외과 의사는 면도칼을 가지고 아픈 사람들의 나쁜 피를 사혈하여 병을 고치며 이발사를 겸직하는 천한 직업이었다. 그러한 아버지를 따라 전국을 떠돌며 가난하게 살던 미겔 데 세르반테스는 정규 교육은 받지도 못하였다. 다만 1568년 마드리드에서 에라스뮈스 사상의 추종자인 후안 로페스 데 오요스가 교장으로 있던 인문학 학교에 다녔던 것으로 알려져 있는데, 그로부터 개인적으로 사사했다고 한다. 1568년 10월 3일, 국왕 펠리페 2세의 왕비 이사벨 데 발로이스가 서거하자 로페스 데 오요스 교장은 왕비를 추모하는 작품집을 준비하였고, 이 책에 세르반테스의 추모 헌시가 실렸다.

2. 군인 세르반테스: 레판토 해전

1569년 약관 22세의 나이에 세르반테스는 이탈리아로 건너가 그곳에서 몇 개월 동안 아쿠아비바 추기경의 시종으로 일하다가, 1570년 여름 나폴리에서 스페인 보병대에 현지 입대한다. 세르반테스는 군인 신분으로 나폴리, 밀라노, 피렌체 등 르네상스 문화가 꽃피던 도시들을 여행하면서 견문을 넓히는데, 이러한 경험이 소설 『돈키호테』 등 그의 작품에 상당한 영향을 미치게 된다. 이탈리아 여행은 18세기 괴테가 『파우스트』를 쓸 수 있는 원동력이 된 것처럼, 훗날 세르반테스가 『돈키호테』를 쓰는 데 큰 힘이 되었다.

이후 세르반테스는 24세의 나이에 신출내기 군인으로서 역사적인 레판토 해전에 참전한다. 그리고 1571년 10월 7일, 세르반테스의 생애에 영원히 잊지 못할 사건이 발생하게 된다. 그리스 서쪽 해안의 레판토에서 스페인과 베네치아공화국, 교황청의 연합함대가 오스만 튀르크의 함대와 세기의 대해전을 벌이는데 그는 이 해전에 참가하여 싸우다가 왼팔에 세 발의 총탄을 맞고서 불구가 된다. 그는 자기 생애 내내 이 위대한 전투를 가리켜 "과거에 겪었던 최고의 사건이며, 현재와 미래를 통틀어서 다시는 볼 수 없는 대해전"이라고 회상하였다. 세르반테스는 '레판토의 외팔이'라는 명예로운 별명을 얻게 되었으며 자신은 평생 이것을 자랑스럽게 생각하였다.

레판토 해전에 참전한 것은 세르반테스에게 위대한 경험이자 자랑스러운 군대 경력의 시작이었다. 그는 이후로도 3년 이상 보병 연대에 근무하면서 장교로 승진하게 된다. 세르반테스는 총상으로 인하여 더 이상 왼쪽 팔을 쓸 수 없게 되었지만, 이는 고통이라기보다는 자신의 용기를 입증하는 평생의 자랑이 되었다.

3. 포로 세르반테스: 고난과 환멸의 시기

1575년 9월 20일 나폴리에서 세르반테스는 동생 로드리고

와 함께 조국 스페인으로 향하는 갤리선 '솔Sol'호에 승선하였다. 전쟁 영웅으로서 그의 손에는 무적함대 총사령관 돈 후안 데 아우스트리아Don Juan de Austria의 추천장과 시실리아 부왕인 세사 공작의 추천장이 들려 있었다. 세르반테스는 금의환향할 꿈에 부풀어 나폴리 항구를 출발하였다. 고국 스페인에 도착하고 궁정에 가면 그를 기다리고 있을 높은 지위를 꿈꾸던 항해 6일째. 그의 꿈은 산산조각이 났다. 프랑스 남부 마르세유 해안에서 해적들에게 포로가 되어 아프리카 북부 알제리로 끌려가게 된 것이다. 이후 그는 무려 5년 동안(1575-1580년) 포로 생활을 하면서 네 번의 탈출을 시도하지만 실패했다. 세르반테스는 자신의 포로 생활을 『돈키호테』 1편 39장부터 42장에까지 픽션화하여 기술했다. 바로 이런 것들이 돈키호테 작품을 이해하기 위해 작가의 생애를 알아야만 하는 이유인 것이다.

스페인 마드리드 국립 대학교 호세 마누엘 루시아 교수는 "만일 세르반테스가 이탈리아에서 처음으로 문학에 눈을 떴다면, 알제리에서는 삶에 눈을 뜬 것"이라고 지적하였다. 의심의 여지없이 알제리에서의 포로 생활은 세르반테스의 삶과 문학 작품에 큰 영향을 주었다.[1]

네 번이나 탈출에 실패하고 이로 인하여 그의 목숨이 심각한 위험에 처해 있을 때, 스페인의 삼위일체 수도회 신부들이 해적들에게 몸값을 대신 치러 준 덕분에 세르반테스는 1580년 9월 풀려날 수 있었다. 그해 10월에는 발렌시아에 도착했다. 알제리에서의 포로 생활은 비록 그의 자유를 빼앗아 갔지만, 그에게 준 삶의 경험이 분명히 더 많았다. 이후 세르반테스는 가족을 다시 만날 희망과 펠리페 2세 궁정에서 좋은 일자리를 얻을 부푼 꿈으로 마드리드에 도착한다. 더불어 그동안 창작한 시와 구상 중인 많은 작품 소재들을 가져온다.

그러나 알제리에서 포로 생활은 세르반테스 인생을 너무나도 많이 변하게 만들었다. 33살이 된 세르반테스는 이제 더 이상 무적함대 사령관의 추천서를 손에 쥐고 스페인 궁정으로 향하던 그때의 세르반테스가 아니었다. 레판토 해전이 끝난 지 이미 10여 년의 시간이 흐른 후 전쟁 영웅 세르반테스에게 제공될 변변한 일자리는 없었다.

이로 인해 그의 가족은 경제적으로 매우 곤란을 겪는다. 세

---

1 박철 외,『환멸의 세계와 문학적 유토피아』, 월인, 2016.

르반테스에게 시련과 좌절의 시기가 시작된 것이다. 그는 호구지책으로 세금 징수원, 닭 장사, 무적함대에 물자를 조달하는 허드렛일로 하루하루 연명하였다.

1583년에는 유부녀 아나 프랑카와 사랑에 빠져 둘 사이에서 유일한 혈육인 이사벨이 태어난다. 1584년에는 톨레도 지방의 에스키비아스를 여행하다가 19세의 카탈리나 데 팔라시오라는 젊은 여인을 알게 되어 그녀와 12월 12일 정식으로 결혼한다. 그러나 결혼 생활은 원만하지 않았으며, 둘 사이에 아이도 없었다.

구직을 위하여 청원을 올리고 그 청원이 거부당하는 와중에 그는 1584년 6월 14일 첫 번째 소설 『라 갈라테아La Galatea』를 탈고해 출판업자에게 넘긴다. 1585년 마침내 『라 갈라테아』가 출간되었고, 생애 최초로 자신의 작품을 통해 수입을 얻는다.

그 무렵 작가는 이미 30여 편의 희곡을 쓰고 무대에 올려서 어느 정도 성공했다고 고백하였다. 그는 알제리에서 겪은 포로 생활을 그린 『알제리에서의 대우』와 『누만시아』라는 극작품도 집필하였다. 그러던 중 1585년 아버지 로드리고가 사망하였다.

세르반테스는 1587년 봄부터 영국과 대적할 스페인 무적함대를 위해 새로운 일꾼들을 필요로 했던 왕실 산하 병참부에서 일하기 시작했다. 그는 안달루시아 지방에서 식량 조달관으로 일하면서 세금 징수 업무도 하게 되었다. 이 시기에 수차례 세금 징수와 관련해 회계 문제로 투옥되지만, 칠전팔기 불굴의 정신으로 자신의 꿈과 희망을 포기하지 않았다.

레판토 해전의 영웅 세르반테스는 자신의 공로를 내세워 1590년 세비야에 있던 '인디아 위원회Consejo de Indias'에[2] 서한을 보내 신대륙 과테말라의 소코누스코Soconusco주 도시에 시장으로 임명해 주기를 간청하였다. 아니면 누에보 레이노 데 그라나다Nuevo Reino de Granada(오늘날의 콜롬비아)의 회계 책임자 자리나 카르타헤나 함대의 회계 책임자 자리 혹은 라 파스La Paz(오늘날 볼리비아 수도)의 시장으로 임명해 주기를 간청하였다. 그러나 신대륙 정복 전쟁이 계속되던 시기였기에 궁정은 세르반테스의 요청을 단호히 거절했다. 이후 세르반테스는 더 이상 신대륙의 꿈에 도전하지 않았다.

당시에 만약 세르반테스의 요청이 받아들여져 그가 신대륙 어느 도시의 시장이나 고위직 관료가 되었더라면 위대한 『돈키

---

2   스페인 국왕 직속으로 아메리카 신대륙 통치를 전담한 정부 기구였다.

호테』는 아마도 세상의 빛을 보지 못했을 것이다. 결과적으로 그가 스페인 땅에 남아서 『돈키호테』를 쓸 수 있었던 것도 그의 운명적 기회였다고 할 수 있겠다.

4. 작가 세르반테스: 위대한 탄생

어려운 고난 속에서도 세르반테스는 1604년까지 스페인 남부 세비야에 머물렀지만 그 당시 생활에 대해서는 상세히 알려진 바가 없다. 아마도 이 무렵 『돈키호테』 1편을 준비하였고 그 외에도 『모범소설』 12편과 극작품들을 집필했으리라 짐작된다. 사실 세르반테스는 시 작품과 희곡에도 큰 재능을 보이며 여러 작품을 출간하였다. 세르반테스는 1604년, 잠시 왕국의 수도인 바야돌리드로 가서 두 명의 여동생, 딸 이사벨, 조카 한 명과 함께 살았다. 부인은 몇 년 전부터 에스키비아스에 살면서 별거 중이었다. 세르반테스가 살던 집은 오늘날까지 바야돌리드에 잘 보존되어 있다.

1605년 초에는 마드리드에서 『돈키호테』 1편이 출간된다. 책은 출간되자마자 국내외에서 대성공을 거두며 그해에만 6판까지 나왔다. 저자는 『돈키호테』 2편 16장에서 『돈키호테』 1편이 무려 30,000부나 인쇄되었다고 자랑하고 있다. 그야말로 베스트셀러가 된 것이다. 그러나 당시 워낙 가난하여서 애초에 판권을 인쇄소에 넘겨주었기 때문에 세르반테스 자신은 큰 이득을 얻지 못하였다.

1606년 공식적으로 궁정을 다시 마드리드로 옮긴다는 발표가 있은 후, 세르반테스는 가족과 함께 다시 마드리드로 이주하여 그곳에서 노년을 보낸다. 이때부터 별거하던 부인과 다시 살게 되었는데 1609년 4월 세르반테스는 수도회에 들어간 후, 1613년 테르세라Tercera 교단의 수사가 된다. 이후 1613년 12편의 중편소설집 『모범소설』을 출간한다.[3] 작가는 『모범소설』 서문에서 말하기를 "제 나이 벌써 64세로 다른 사람을 조롱한다는 것은 있을 수 없는 일"이라고 하면서 "만약 독자들께서 제 소설을 읽고 나서 어떤 나쁜 욕망이나 생각을 하게 된다면, 저는 이 소설을 대중 앞에 내놓기 전에 이 소설을 쓴 제 손을 잘라

---

[3] 박철 외 역, 『세르반테스 모범소설』 1, 2편, 오늘의책, 2003. (12편의 작품: 질투심 많은 늙은이, 피의 힘, 유리석사, 집시 여인, 영국에서 돌아온 여인, 고상한 하녀, 사기결혼, 개들이 본 세상, 세비야의 건달들, 말괄량이 아가씨, 남장을 한 두 명의 처녀, 관대한 연인.)

버리겠습니다"라고 말하였다.

흥미로운 것은 돈 후안 데 하우리기(1583-1641년)라는 세르반테스의 친구가 모범소설 첫 장에 작가의 초상화를 그려 놓았는데, 초상화 아래 세르반테스는 이렇게 설명을 첨언하였다.

"여기 여러분들이 보시는 이 사람은 갸름한 얼굴과 밤색 머리카락, 시원스레 넓은 이마, 유쾌한 눈 그리고 균형은 잘 잡혀 있지만 구부러진 매부리코를 가지고 있습니다. 20년 전 금빛 나던 수염은 은빛으로 변했고, 긴 콧수염과 작은 입 그리고 크지도 작지도 않게 여섯 개밖에 남지 않은 이빨은 상태가 안 좋고 잘못 나 있어서 서로 맞물리지도 않습니다. 체구는 거대하지도 왜소하지도 않으며 피부색은 갈색보다는 흰 편으로 생기 있는 빛깔입니다. 이것이 바로 돈키호테를 쓴 작가의 초상입니다." (모범소설 서문에서)

1614년 그의 시집 『파르나소로의 여행』이 출판되고 1615년 『8편의 희극과 8편의 막간극』[4]이 출판된다. 이 무렵 작가는 왕성한 집필 활동을 통해 성과를 이루고 있었다.

세르반테스의 초상

1614년에 가짜 『돈키호테』 속편이 나올 무렵, 세르반테스는 『돈키호테』 2편 59장을 쓰던 중이었다. 세르반테스는 자신의 작품을 왜곡하여 출간한 가짜 돈키호테 작품에 대한 언짢은 감정을 강하게 나타내었다. 그리하여 『돈키호테』 2편 '독자에게 바치는 서문'과 작품 중간에서(59장, 62장, 70장, 72장) 여러 차례 못마땅한 불쾌함을 표출하였다. 마침내 1615년 총 74장으로 구성된 진짜 『돈키호테』 2편이 출간된다.

세르반테스는 1616년 4월 2일 당뇨병으로 쓰러져서, 4월 15일 종부성사를 받고서, 4월 16일 그의 마지막 소설 『페르실레스와 시히스문다의 모험』 헌사의 마지막 부분을 썼다.(1617년 유작으로 출간) 그리고 1616년 4월 23일 마침내 세르반테스는 운명하였다.

흥미롭게도 영국의 대문호 셰익스피어도 같은 해 같은 날 함께 타계하였다. 그래서 오늘날 유네스코는 4월 23일을 세계 책의 날로 정하여 위대한 두 문호의 타계를 기리고 있다.

---

4   박철 역, 『이혼 재판관』, 연극과인간, 2004. (8편의 막간극: 이혼 재판관, 뜨람빠고스라는 홀아비 뚜쟁이, 다간소 마을의 시장선거, 성가신 감시, 가짜 비스까야 사람, 기적의 인형극, 살라망까 동굴, 질투심 많은 늙은이.)

세르반테스의 장례식은 프란시스코 교단의 수사들에 의해 치러졌는데 작가의 유언에 따라 시신은 마드리드 삼위일체 교회의 수도원에 묻힌다. 이후 세월이 흘러 그의 유골은 다른 사람들의 것과 뒤섞여서 오늘날 그 소재를 알지 못하게 되었다.

　『돈키호테』가 대성공을 거두면서 인기를 누렸음에도, 판권을 산 출판사만 부유하게 됐을 뿐, 저자 자신은 가난한 삶을 보냈다. 세르반테스는 생애 말년에 두 사람의 후견인들(작가가 그의 모든 작품에 헌사를 썼던 레모스 백작과 톨레도의 대주교이며 추기경인 돈 베르나르도 산도발)의 경제적 도움으로 살았다.

　이발사인 아버지를 따라 떠돌아다니며 성장한 세르반테스는 정규 교육을 받지 못하였음에도, 『돈키호테』에서 무려 22,939개의 상이한 어휘를 폭넓게 사용하고 있다. 오늘날 교양 있는 사람들이 사용하는 어휘 숫자가 5,000-7,000개 정도라는 점을 고려하면 세르반테스의 언어 구사 능력은 놀라운 일이 아닐 수 없다.

　『돈키호테』 1편 9장에서 세르반테스는 자신이 책을 읽는 취미를 가졌다 하였다. 이를 자랑하고 있는 것을 볼 때, 정상적인 교육기관에서 수학하지 못한 그가 수많은 여행과 경험, 그리고

돈키호테의 모험과 라만차 지방

엄청난 양의 독서를 통해 풍부하고 생생한 지식을 취득하여 위대한 돈키호테를 탄생시켰다고 본다.

우리가 세르반테스의 생애에서 배울 최고의 교훈은 바로 어떤 시련을 당해도 결코 좌절하지 않는 불굴의 도전 정신이다. 레판토 해전의 전쟁 영웅이었음에도 그의 삶은 부당한 대우와 감옥살이로 점철된 불운의 연속이었다. 그러나 세르반테스는 『돈키호테』에서 "견디기 힘든 절망의 시대를 살지라도 한 번뿐인 인생을 자유롭고 명예롭게 살아야 한다"라고 말한다. 다시 말해 고통이 온다 해서 인간이 절망에 빠지는 것이야말로 진짜 불행의 시작이라는 것이다. 희망과 꿈을 버리지 않는 돈키호테의 내면성이야말로 진정한 세르반테스의 자화상이라고 할 수 있다.

이와 같은 칠전팔기의 불굴의 정신이 아니었더라면 명작『돈키호테』는 탄생하지 못했을 것이다. 이런 점에서 우리는 돈키호테 작품을 올바르게 이해하기 위해서 반드시 작가 세르반테스의 불굴의 정신과 생애를 이해할 필요가 있다.

3장

『돈키호테』1편:
재치 있는 시골 귀족 돈키호테 데 라만차

돈키호테와 산초 판사 두 사람의 끊임없는 대화를 담아 완성한 유럽 최초의 대화체 소설이 바로『돈키호테』이다. 작가 세르반테스는 논리적으로 문제를 해결하는 것이 아니라, 자유로운 대화를 통해 문제를 통찰하고자 했다.

이 같은 대화 형식은 세르반테스가 만들어 낸 위대한 문학적 고안이다. 산초라는 인물은 단순히 주인을 선동하거나 주인에게 반항하는 것이 아니라 작품의 주요 부분을 이루는 대화자로서 중요한 역할을 하고 있다. 이 작품의 정수라고 할 수 있는 개개인의 관점의 유희를 돈키호테와 더불어 각각 절반씩 맡고 있는 인물이 바로 산초이다.

돈키호테 1편 표지(1605년)

필자와 스페인 왕립한림원 동료 회원이며 돈키호테 연구가로
알려진 프란시스코 리코Francisco Rico 교수는 1998년 돈키호테 어

38

휘 분석 연구 시디롬CD-ROM을 완성하였다. 이 연구에 의하면 『돈키호테』 1, 2편을 통틀어 가장 많이 나오는 어휘로는 '말했다dijo' 1,800번, '대답했다respondió' 1,060번, '대꾸했다replicó' 211번이 검색된다. 이 예만 보더라도 유럽에 산문 문학이 본격적으로 등장하기 시작한 시기에 『돈키호테』의 출간이 유럽 최초의 대화체 소설로서 얼마나 큰 중요성을 지니는지 짐작할 수 있다.

『돈키호테』 1편의 정식 제목은 "재치 있는 시골 귀족 돈키호테 데 라만차El Ingenioso Hidalgo Don Quijote de la Mancha"이다. 여기서 시골 귀족hidalgo은 기사 계급과 평민 계급 사이에 자리 잡고 있었는데, 중세에는 많은 특권을 누리는 순수 명예직에 해당했으나 세르반테스 시대에는 그 힘과 영향력이 현저히 감소하여 귀족 중에는 최하층이 되었다. 『돈키호테』 2편에서는 정식 제목이 "재치 있는 기사 돈키호테 데 라만차El Ingenioso Caballero Don Quijote de la Mancha"로 돈키호테의 신분이 시골 귀족에서 기사caballero로 상승한 것을 볼 수 있다.

돈키호테 1편(52장), 2편(74장)의 방대한 작품 내용과 659명의 등장인물, 그리고 포스트모더니즘적 글쓰기로 인하여 좀처럼 독자들이 작품을 완독하기가 쉽지 않은 것이 사실이다. 또한,

돈키호테 소설 속에는 또 다른 독립적 액자소설들이 존재한다. 돈키호테의 이야기를 마치 현실 세계에서 벌어지고 있는 실제의 이야기로 인식하는 메타픽션적 기법은 독자들에게 매우 생경하고 혼란스럽게 느껴진다. 더구나 시데 아메테 베넹헬리Cide Hamete Benengeli라는 아랍인 역사가가 돈키호테의 진정한 작가라고 말하니 독자들은 어리둥절할 수밖에 없다.

이런 점에서 필자는 돈키호테 1, 2편의 복잡한 구성을 분석하고 주요 사건을 중심으로 요약하여 작품의 이해를 돕고자 한다.

프롤로그에서 언급했듯 본문 참조를 위하여 돈키호테 1편은 52장(개정판, 788쪽), 돈키호테 2편은 74장(908쪽)으로 구성된 도서출판 시공사의 한국어 번역본을 사용한다.(박철 역, 『돈키호테』 1, 2편, 2015, 시공사)

먼저 돈키호테 1편을 중심으로 살펴보겠다. 돈키호테 1편은 4부로 구성되어 있다.

돈키호테 1편

작가	구분	주제	장소	시간
세르반테스	서문	국왕 칙허장, 베하르 공작님께 바치는 헌사, 서문, 이 책에 바치는 시	라만차	3일
	제1부: 1-5장 (첫 번째 출정)	돈키호테 첫 출정(1-2장)		
		라만차 주막에서 기이한 기사 서품식, 매 맞는 안드레스 구출, 톨레도의 상인들에게 봉변, 마을 농부에게 구출되어 귀가(3-5장)		
	제1부: 6-8장 (두 번째 출정)	돈키호테 서재에서 기사소설의 종교재판과 화형(6장)	라만차	2개월
		산초 판사와 두 번째 출정(7장)		
		유명한 풍차와의 모험, 베네딕트 수도사들과의 조우, 비스카야인과 칼싸움(8장): 이야기 중단		
시데 아메테 베넹헬리	제2부: 9-14장	톨레도 시장에서 아랍인 역사가 시데 아메테 베넹헬리가 쓴 『돈키호테 데 라만차 이야기』 원고를 구입하여 번역(9장): 중단된 이야기 계속		
		산양치기와의 만남, 그리소스토모와 마르셀라의 사랑 이야기(12-14장): 액자소설		
	제3부: 15-27장	성이라고 믿은 주막에서 일어난 사건(16장)	팔로메케 주막집/	
		피에라브라스 영약 제조(17장)		
		양 떼들과의 모험(18장)		
		직물 빨래방앗간 모험(20장)		

작가	구분	주제	장소	시간
		이발사 놋대야와 맘브리노 투구(21장)	시에라 모레나 산속	
		노역형을 선고받은 죄수들 해방(22장)		
		종교경찰의 추적을 피해 시에라 모레나 산중으로 피신, 돈키호테의 고행 시작(24-25장)		
		카르데니오의 실연 이야기, 도로테아의 사랑 이야기(24장, 27장)		
	제4부: 28-52장	카르데니오와 루신다, 도로테아와 페르난도의 사랑 이야기(28장): 액자소설	팔로메케 주막집/라만차	
		무모한 호기심이 빚은 이야기(33-35장): 액자소설		
		포도주 가죽주머니와의 모험(35장): 팔로메케 주막집		
		카르데니오와 루신다, 도로테아와 페르난도의 해피 엔딩(36장)		
		문과 무에 대한 연설(38장)		
		포로대위 이야기(39-41장): 액자소설		
		클라라와 루이스의 사랑(42-43장): 액자소설		
		이발사 놋대야 되찾음(45장)		
		종교경찰 주막에 도착(46장)		
		교회법 신부와 논쟁(48-50장)		
		레안드라와 에우헤니오의 사랑(50-51장): 액자소설		
		돈키호테 고향으로 돌아옴(52장): 세 번째 출정을 예고		

1. 1부(1-8장)

"그다지 오래되지 않은 옛날, 이름까지 기억하고 싶지 않은 라만차 지방의 어느 마을에 창꽂이에 꽂혀 있는 창과 낡아 빠진 방패, 야윈 말, 날렵한 사냥개 등을 가진 시골 귀족이 살고 있었다En un lugar de la Mancha, de cuyo nombre no quiero acordarme, no ha mucho tiempo que vivía un hidalgo de los de lanza en astillero,adarga antigua, rocín flaco y galgo corredor"라는 『돈키호테』의 첫 구절은 돈키호테가 사는 마을 이름을 구체적으로 언급하지 않고 있다. 아마도 400년이 지난 오늘날 그 영광을 라만차 지방의 모든 마을이 나누어 갖도록 작가가 혜안을 가진 것이리라.

실제로 그 이유를 돈키호테 2편 말미에서 작가는 이렇게 말하고 있다.

"(작가는) 그의 고향 마을을 정확하게 표시하기를 원하지 않았다. 그 이유는 호메로스의 고향으로 그리스의 일곱 도시가 경쟁한 것처럼, 라만차 지방의 모든 마을과 고장들이 돈키호테를 자기 고향 사람으로 삼아 자부심을 느끼고 서로서로 논쟁하도록 하기 위

해서였다."(2편, 74장, 881쪽)

돈키호테의 본명은 이웃 사람들이 '알론소 키하노'라 부르는 시골 귀족으로, 그는 기사소설을 닥치는 대로 읽는 것이 취미였다. 그러나 과도한 독서로 결국 자신이 읽은 기사소설의 황당한 모험 이야기들을 현실로 받아들이고 나서, 스스로를 기사소설 속에 등장하는 아마디스나 팔메린 같은 편력기사 중 한 명이라고 믿게 된다.(1장)

작가가 이미 1장부터 서둘러 시골 양반 키하노를 라만차의 시골 귀족 돈키호테로 만든 까닭에, 이후 독자들은 '돈키호테'라는 이름만을 기억하게 된다. 돈키호테는 1장에서 "모든 불의를 타파하고 공화국República에 봉사하기 위해 기사가 되고자 한다"라고 말한다. 따라서 그는 불의를 개선하는 것 이외에도 이 땅의 모든 거인(악한)들을 제거해야 할 신화적 영웅의 임무를 지니고 있으며, 이를 통해 더 나은 사회 건설에 일조할 수 있을 것이라고 기대했다. 작가의 의미 있는 사상과 의도가 엿보이는 대목이다.

"그는 자신의 명예를 드높이는 동시에 자신의 공화국을 위해 봉사할 마음으로 편력기사가 되어 무장을 하고 말을 타고서 모험을 찾아 온 세상을 돌아다니며 자신이 읽은 편력기사들이 행한 모든 것들을 실행해 보는 것이 반드시 필요하다고 생각했다."(1장, 54쪽)

그리하여 자신을 '돈키호테'라 스스로 명명하고 7월의 어느 날 동이 트기 전, 중세 기사 복장과 무기를 갖추고서, 자신의 상상이 만들어 낸 여인 둘시네아 델 토보소 공주의 사랑을 얻기 위해 애마 로시난테를 타고서 모험을 찾아 집을 나서게 된다.

마침내 돈키호테는 그의 눈에 성城으로 보이는 어느 주막집에 도착한다. 주막에 있던 창녀들을 귀부인, 주인을 성주라고 믿어 의심치 않는다. 그리하여 두 여인의 조소 속에 돈키호테는 편력기사가 되는 의식을 거행하게 된다.(3장) 정식 기사가 되어 한껏 기분이 좋아진 돈키호테는 길에서 어린 소년을 매질하는 부자 알두도의 손에서 채찍을 빼앗고 소년을 구출한다.

기사 칭호도 받고 소년을 구하여 기분이 고조된 돈키호테는 다시 길을 가던 중 우연히 만난 톨레도의 상인들에게 둘시네아가 이 세상에서 가장 아름다운 여자라고 말하도록 강요하다가 상인들에게 심하게 매를 맞고 길에 나동그라진다.(4장) 그러다 같은 마을에 사는 한 농부가 우연히 돈키호테를 발견하여 집으로 데려온다.(5장) 돈키호테의 첫 번째 가출은 이렇게 끝을 맺게 된다.

한편, 그의 조카딸과 가정부, 그리고 동네 신부와 이발사는 이 같은 돈키호테의 광기를 그가 현실과 동떨어진 황당한 모험을 주제로 한 당시 유행하던 기사소설을 많이 읽었기 때문이라고 생각하게 된다. 그들은 돈키호테의 서재에 있던 기사소설들을 모조리 끄집어내어 옥석을 가려 불살라 버린다.(6장) 당시 유행하던 기사소설에 대한 의미 있는 판결이다. 책의 서문에서 작가 세르반테스는 자신이 당시 유행하던 기사소설을 종식시키기 위하여 돈키호테를 쓴다면서 친구의 말을 빌려 이렇게 말한다.

"자네의 책은 기사도 이야기들이 세상과 대중 사이에서 떨치고 있는 세력과 권위를 부숴 버리는 것만이 목적이니까. … 결론적으로 말하면 많은 사람이 싫어하지만, 그러나 더 많은 사람이 아직도 좋아하는 그 허무맹랑한 기사도 책을 없애는 데 자네의 목

표를 굳게 정하란 말일세."(서문, 30-31쪽)

며칠 후 다시 정신을 차린 돈키호테는 이웃에 사는 농부 산초 판사에게 자신의 종자가 되어 줄 것을 설득하고 이에 성공한다.(7장) 무지하지만 심성이 착한 이웃집 농부를 구슬리기 위해 돈키호테는 얼마나 많은 이야기를 건네고, 많은 약속을 했는지 모른다. 언젠가 섬의 총독을 시켜 주겠다는 돈키호테의 허황된 약속을 믿고서, 산초 판사는 처자식도 남겨둔 채 돈키호테의 종자가 되어 모험을 찾아 고향을 떠나간다.

산초 판사는 제대로 된 교육을 전혀 받지 못한, 한마디로 일자무식의 농부이다. 하지만 인간에 대한 평가는 단순히 지식만으로 하는 게 아니다. 산초라는 인물은 인간이 지닌 선한 본성, 일상생활에서 얻은 속담과 삶의 지혜가 때론 학교에서 배운 지식보다 더 유익하다는 것을 증명해 준다.

돈키호테가 이상주의자인 반면 산초는 현실주의자이다. 산초에게는 손에 잡히지 않는 꿈과 이상보다 당장 눈앞에 보이는 물질이 더 소중하다. 또한 산초에게는 배불리 먹는 일이 중요해서, 항상 당나귀 안장 자루에 음식과 포도주를 매달고 다닐

돈키호테의 풍차 모험(귀스타브 도레의 삽화)

정도이다.

마침내 돈키호테는 어느 날 밤 아무도 모르게 산초를 거느리고 모험을 찾아 두 번째로 집을 나선다. 그리고 다음 날 들판에 서 있는 30-40개의 풍차를 발견하고서 이를 브리아레오스 거인(그리스 신화에 나오는 거인으로서 100개의 팔과 50개의 머리가 있다)이라고 여겨 싸움을 벌이는데, 그가 달려든 상대는 거인이 아니라 단지 풍차일 뿐이었다.

"저기를 보아라, 산초 판사야. 서른 명이 좀 넘는 거인들이 있지 않으냐. 나는 저놈들과 싸워 모두 없앨 생각이다. … 이 땅에서 악의 씨를 뽑아 버리는 것은 하느님을 극진히 섬기는 일이기도 하다."(8장, 117쪽)

이 모습은 돈키호테의 두 가지 면을 보여 준다. 한편으로는 억압받는 이들을 대변하는 기사의 정의로운 모습이고, 또 다른 한편으로는, 일명 끼호타다Quijotada라고 불리는 현실감각 없는 우스꽝스러운 인간의 모습이다.

돈키호테는 그것들이 거인(악한)이라고 너무나도 굳게 믿었으므로, 자신이 공격하려 하는 것이 들판의 풍차일 뿐, 거인이 아니라고 소리치는 종자 산초의 목소리는 들리지 않았다. 거대한 풍차와 싸워 비참하게 패배한 돈키호테의 모습은 현실 세계에 대항한 이상주의자의 도전과 투쟁을 패러디한 것이다.

그의 눈에 비친 풍차는 약자를 괴롭히는 악당이며, 한눈에 보아도 싸워 이길 수 없는 무서운 거인일지라도, 돈키호테는 자신의 몸을 돌보지 않고 약자를 위해 악당과 싸우는 정의로운 기사인 것이다. 그는 풍차의 모험을 시작으로 자신의 몸을 아끼지 않고 수많은 모험을 하게 된다.

이상주의자 돈키호테와 현실주의자 산초가 대변하는 평행선은 바로 우리 인간이 삶 속에서 겪는 끊임없는 갈등과 화합을 상징하는 것이다. 돈키호테는 꿈과 희망을 가지고 끊임없이 새로운 미래에 도전하고, 연속되는 패배에 굴복하지 않고 또다시 희망을 꿈꾸는 실존적 인간의 모습이다.

2. 2부(9-14장)

『돈키호테』 1부 이야기는 용감한 비스카야인과 돈키호테가 칼싸움을 하려는 상황에서 중단된다. 외견상으로는 여기까지가 세르반테스가 집필한 돈키호테 이야기이다. 이후 작가는 더 이상 이야기를 이끌고 갈 소재가 없다고 말하고 있다. 세르반테스는 『돈키호테』 1편 서문에서 "저는 세상에 돈키호테의 아비로 알려져 있지만 실상은 그의 의붓아버지에 지나지 않는다"라고 말해 독자들을 어리둥절하게 만들었다. 이제 그 이유를 알게 될 것이다.

『돈키호테』 8장에서 작가는 톨레도의 알카나 시장을 거닐다가, 우연히 길거리에서 아랍인 역사학자 시데 아메테 베넹헬리가 아랍어로 쓴 『돈키호테 데 라만차 이야기』 원고를 발견하고 이를 구입하여 스페인어로 번역했다고 말한다. 그러니 여기서부터 돈키호테의 작가는 외면상으로 세르반테스가 아니라 아랍인 역사가 시데 아메테 베넹헬리가 되는 것이다.

세르반테스는 시장에서 원고를 구입한 후 모리스코인[1]에게 스페인어로 번역을 부탁하였다. 그 후 시데 아메테가 쓴 '돈키

---

[1] 스페인 국토에 잔류하여 살면서 이슬람교에서 가톨릭교로 개종한 무어인을 말한다.

호테의 모험 이야기'를 가지고 돈키호테 이야기를 계속해 나간다고 밝힌다. 이 같은 서술이 사실이라면 『돈키호테』 9장부터 작가는 세르반테스가 아니라 아랍인 시데 아메테 베넹헬리가 되는 것이다. 9장 이후부터 작품이 끝날 때까지 세르반테스는 시종일관 시데 아메테 베넹헬리가 이 소설을 쓰고 있다고 독자들에게 수차례 상기시킨다.

이 같은 '작가의 실종'은 당시 합스부르크 절대 왕조와 종교 재판소의 검열과 감시하에서 수많은 작가가 이단자로 찍혀서 희생되었기 때문으로 보인다. 세르반테스는 자신의 목숨을 염려해 아랍인 시데 아메테를 돈키호테의 작가로 내세워 자신을 위한 확실한 안전장치를 마련해 둔 것으로 볼 수 있다.

1편 11장에서 세르반테스는 자신이 꿈꾸는 유토피아를 소위 '멋진 공화국'으로 암시하면서 "바위 틈새와 나무에 파인 구멍 속에서 부지런하고 분별력 있는 꿀벌들이 자신들의 공화국을 이루며 자신의 노동을 통해 얻어 낸 풍요로운 수확을 이해관계도 없는 자들에게 나누어 주고 있다"라고 묘사한다. 작가는 부지런하고 빈틈없이 일하는 꿀벌들의 사회를 통해 열심히 일하는 사람이 성공한다는, "땀이 혈통을 만든다"라는 자신의 근대

사상을 암시하고 있다.

여기서 게으르고 나태한 수벌들은 당시 귀족들을 상징한다고 할 수 있다. 작가는 '네 것'과 '내 것'이라는 두 단어를 모르고 살았던 황금시대를 언급하고, 재판할 일도 재판을 받을 일도 없었던 시대, 즉 정숙한 여인들이 어디든 자유로이 다닐 수 있던 시대를 그리워하며 당시 혼란한 사회를 비판하고 있다.

『돈키호테』 1편 12-14장에는 첫 번째 액자소설 형식으로 그리소스토모와 마르셀라의 사랑 이야기가 펼쳐진다. 돈키호테는 산양치기의 입을 통하여 그리소스토모가 자신의 사랑을 받아 주지 않는 마르셀라의 냉정함에 절망하여 결국 자살하였다는 이야기를 듣게 된다.

마르셀라의 아름다움에 반한 귀족의 아들 그리소스토모는 사랑을 고백하지만 이를 거절당하자 스스로 목숨을 끊는다. 마을의 모든 사람들은 남성을 죽게 만든 여성 마르셀라를 비난한다. 그러나 마르셀라는 남성의 죽음 앞에서 이렇게 항변한다.

"저는 자유롭게 태어났습니다. 정숙한 여자의 아름다움은 먼 데 있는 불이나 칼날 같지요. 가까이 접근하지 않으면 사람에게 화상이나 상처를 입히지 않습니다. 여성의 명예와 정절은 영혼을 더욱더 아름답게 꾸며 주는 것이니, 이런 것이 없는 육체는 비록 아름답더라도 아름답게 보일 수 없는 법입니다. 만일 정절이라는 것이 육체와 영혼을 좀 더 아름답게 가꾸어 주는 미덕이라면 왜 아름다움으로 인해 사랑받는 여인이 그저 재미로, 그리고 강압적으로 달려드는 남자의 의도에 의해 정절을 잃어야만 하는 건가요? 저는 자유롭게 태어났고 또 자유롭게 살아가기 위해 초원에서 고독을 선택한 것입니다."(14장, 190쪽)

여기서 우리는 돈키호테가 사랑의 자유의사를 부르짖는 여인 마르셀라를 옹호하는 모습을 본다. 세르반테스는 남녀 간의 사랑과 행복이 강압에 의해서가 아니라 자유로운 의지에 따라서 이루어지는 것이라고 말한다. 당시 사랑은 남성의 일방적인 의사로 이루어졌지만, 여기서 작가는 여성도 자신이 원치 않으면 남성의 사랑을 거절할 수 있다는 근대적인 여성상을 보여 주고 있다.

마르셀라는 남녀 간의 사랑이 자유로운 의사에 의해 이루어져야 하며, 남성의 일방적인 사랑만으로 이루어질 수 없다고 말한다. 남성이 여성을 사랑하기만 하면, 여성은 무조건 남성의 사랑을 받아들여야 한다는 당시의 시대관을 부정하면서, 여성도 남성의 사랑을 거부할 수 있어야 한다고 말하고 있다. 이렇게 마르셀라의 입을 빌려서 여성의 자유의지를 강하게 주장하고 있다는 점에서 세르반테스는 서구 최초의 페미니스트 작가이다. 또한, 소설 『돈키호테』는 서양 문학에서 최초의 페미니즘 문학이라고 할 수 있다. 돈키호테 1편과 2편에는 각각 7편씩의 삽입소설이 들어가 있는데, 대부분 남녀의 자유로운 사랑을 주제로 한 소설들로, 작가 세르반테스는 남녀의 사랑에 관한 한 매우 진보적인 사상을 보여 주고 있다.

3. 3부(15-27장)

돈키호테의 애마 로시난테가 양구아스² 마부들의 암말들을 보고서 좀 어울려 보고자 벌인 애정 표현이 도화선이 되어

---

2 양구아스(yanguas)는 스페인 북부 세고비아 지방 혹은 소리아 지방에 동명의 도시가 있는데 여기서는 어느 쪽 도시인지는 불분명하다.

서, 돈키호테와 산초는 양구아스인들과 싸움을 벌이지만 결국 그들에게 봉변을 당한다. 이후 두 사람은 후안 팔로메케Juan Palomeque의 주막에 도착하여 하룻밤을 지내게 된다. 그러나 한밤중에 주막집 하녀 마리토르네스가 방으로 들어와서 돈키호테를 마부로 착각하고 수작을 벌이려고 하는 바람에 돈키호테와 산초는 곤욕을 치르게 된다. 여기서부터 팔로메케의 주막집은 『돈키호테』 1편의 중심 공간으로 매우 중요한 역할을 하게 된다.

다음날 주막집에서 숙박비를 치르지 않고 떠나간 돈키호테 때문에 뒤에 남겨진 종자 산초 판사는 주막집 사람들에 의해 담요 키질(까불림)을 당하게 된다. 그들은 담요 위에 산초를 올려놓고 공중으로 던져 올리면서 산초를 거의 실신 상태로 만든다.(16장) 이후 산초는 자신을 주막집에 두고 혼자 줄행랑을 친 주인을 두고두고 원망한다.

이후 돈키호테가 양 떼를 군대라고 착각하여 싸운 유명한 이야기가 등장한다.(18장) 스페인 라만차 지방의 광활한 들판에는 바람을 이용하여 곡물을 찧는 풍차도 많지만, 또한 들판에서 방목하는 양 떼도 쉽게 만나 볼 수 있다. 이처럼 세르반테스는 라만차 지방의 자연과 공간들을 이용하여 사실적인 이야기를 만들어 나간다.

먼 들판에서 흙먼지를 자욱하게 일으키며 시야를 흐리게 하는 양 떼를 정의의 기사 돈키호테는 적의 군대가 돌진하는 것으로 생각한다. 풍차의 모험에서 풍차를 거인으로 상상하듯이, 돈키호테는 양 떼를 적으로 간주하고 양 떼 사이로 돌진하여 마치 철천지원수들과 싸우듯이 무모하게 창을 찔러 대기 시작한다. 자신의 양들이 죽는 것을 본 양치기는 돌멩이를 마구 던져서 돈키호테의 옆구리를 명중시키고 돈키호테는 갈빗대 두 대가 부러진다. 이어 두 번째 돌멩이의 충격으로 그만 가엾은 돈키호테는 말에서 떨어지고 만다. 이번에도 산초는 돈키호테를 보고 말하기를, "나리, 제가 뭐랬습니까. 주인님은 군대가 아니라 양 떼를 향해 돌진하는 거라고 말씀드리지 않았습니까?"라고 한다. 그러자 돈키호테는 "내 뒤를 쫓아다니는 나쁜 마법사가 이 전투에서 내가 거둘 영광을 시샘하여 적의 군대를 양 떼로 둔갑시켜 버린 것이다"라고 말한다.

이처럼 수많은 적의 군대를 두려워하지 않고 홀로 돌진하는 돈키호테의 모습이야말로 죽음을 불사하며 불의와 싸우는 고

독한 기사의 도전을 상징한다.

이후 두 사람은 한밤중에 시체가 든 관을 들고 이동하는 흰 상복을 입은 상주들을 적으로 간주하고 공격하는 엉뚱한 모험을 한다.(19장) 그리고 나서 그는 이렇게 말한다.

"나는 돈키호테라는 라만차의 기사인데 세상을 편력하며 부정한 일을 바로잡고 남의 명예를 훼손한 자들을 처단하는 일을 한다는 걸 알아 두시오."(19장, 254쪽)

중세 기사의 복장을 한 돈키호테는 자유와 정의를 지키는 기사로서, 불의를 간과하지 않고 약자를 괴롭히는 악인들과 사심 없이 위험에 직면하면서 싸우는 바로 그런 사람인 것이다.

이후 칠흑 같은 밤 산속 직물 빨래방앗간에서 여섯 개의 방망이를 번갈아 때려 대는 소름 끼치는 소리가 들려오며 두 사람에게 큰 공포를 불러일으킨다.(20장) 그리고 돈키호테는 이발사의 면도 놋대야를 전설적인 맘브리노의 투구[3]라고 우기면서,

---

3 전설의 아랍 왕 맘브리노가 지녔던 황금 투구로 이 투구를 쓰고 전쟁에 나가면 상

이를 탈취하는 우스꽝스러운 모험을 강행한다. 이 와중에 산초는 이발사 당나귀의 마구를 자신의 것과 바꿔치기한다. 이발사의 면도 놋대야를 머리에 쓴 돈키호테의 모습이야말로 독자들의 웃음을 자아내는 상징적인 장면이다.

이 같은 모험을 한 이후 22장에서 돈키호테가 갤리선 노역형 선고를 받고 끌려가는 죄수들을 풀어 주는 이야기가 전개된다. 굵은 쇠사슬에 구슬처럼 엮여서 끌려가는 죄수들을 보고서 돈키호테는 인간의 고귀한 자유를 연상하며 이들을 모두 해방시킨다.

> "하느님과 자연이 자유롭게 만들어 놓은 이들을 속박한다는 것
> 은 참으로 가혹한 일입니다. 각자의 죗값은 알아서 치르게 될 겁
> 니다. 저 하늘에 계신 하느님께서 악한 자는 징계하시고 선한 자
> 에겐 상을 내리실 것이니, 어진 사람들이 다른 사람의 죄를 묻는
> 사형 집행인이 되는 것은 바람직하지 않습니다."(22장, 302쪽)

처를 입지 않는다는 전설이 있다.

이 에피소드는 17세기 당시 절대군주체제 아래에서 꽁꽁 속박되었던 국민에게 자유를 되찾아 주는 것으로 비유된다. 이는 단순히 풍차와 양 떼를 거인이나 군대라고 착각하며 싸우는 모험이 아니라 절대왕정체제에 대한 도전이다. 또한, 아래와 같이 이 세상 그 누구도 인간의 자유를 속박할 수는 없다고 외치는 돈키호테에게서 당시 절대군주에 대한 도전을 엿볼 수 있다.

"저자들은 국왕 폐하의 명으로 강제로 갤리선 노 젓기 노역을 가는 죄인들입니다."

"강제로?" 돈키호테가 물었다.

"아니, 국왕 폐하께서 아무에게나 자유를 강제로 속박하는 게 가능하단 말이냐?"(22장, 292쪽)

사실 『돈키호테』에서 작가가 가장 큰 의미를 부여하는 주제는 '자유'이다. 서문에서 작가는 "이 세상 황금을 다 주더라도 자유는 쉽사리 살 수 없다"라고 기술하고 있다.(서문, 27쪽)

국왕이 벌을 내린 죄수들에게 자유를 주어 모두 풀어 준 사건

때문에, 돈키호테는 왕명을 거역한 죄로 당시 치안을 담당하는 종교경찰의 추적을 당하게 된다. 그래서 라만차 남부 안달루시아 지방의 시에라 모레나 산속으로 피신을 한다. 이후 산속에서 돈키호테가 아마디스 데 가울라 기사의 고행 의식을 흉내 내면서 자신도 둘시네아를 위해 고행을 하는 이야기가 흥미롭게 전개된다.

『돈키호테』 23장에서 '산초의 당나귀를 도둑맞은 이야기'가 초판본에는 빠져 있다가 두 번째 판본에 삽입되는 일이 발생한다.(23장) 이러한 작가의 혼동과 실수에 대하여 세르반테스는 『돈키호테』 2편 3장에서 독자들에게 양해를 구하고 있다.

"어떤 이들은 작가가 기억력이 나쁘다며 흠을 잡기도 합니다. 누가 산초의 당나귀를 훔쳐 갔는지 말해 주는 것도 잊고, 그냥 당나귀를 도둑맞았다는 것만 언급할 뿐이니까요. 그런데 그러고 나서 조금 후 당나귀가 다시 돌아왔다는 말도 없이 산초가 그 당나귀를 버젓이 타고 다니지요."(2편, 3장, 72쪽)

한편 시에라 모레나 산중에서 산초는 금화 100에스쿠도가 든

가방을 발견한다. 그리고 산중에서 누더기를 걸친 카르데니오라는 청년을 발견하는데, 그가 자신의 여인 루신다를 돈 페르난도라는 귀족에게 빼앗긴 뒤 산중에 들어와 실의에 빠져 살고있다는 슬픈 이야기를 듣는다.(24장) 여기서 흥미로운 액자소설이 시작되지만 중도에 흥분한 카르데니오는 돈키호테를 공격하고서 산속으로 도주해 버린다.

이후 돈키호테는 자신이 가장 존경하는 기사 아마디스 데 가울라의 고행을 흉내 내면서 자신도 고행하기로 한다. 돈키호테는 둘시네아 공주에게 사랑의 편지를 써서 산초에게 직접 전달할 것을 부탁한다. 이에 산초는 엘 토보소 마을을 향하여 가던 중, 자신이 담요 키질을 당했던 팔로메케 주막을 지나게 된다. 산초는 그 주막에서 신부와 이발사를 만나 두 사람에게 그동안 있었던 일을 얘기한다. 그러던 중 산초는 둘시네아에게 전달할 편지를 가져오지 못한 것을 뒤늦게 알게 된다. 신부와 이발사는 돈키호테를 산중에서 구출하여 고향으로 데려가기 위하여 산초를 앞세워서 다시 산속으로 들어간다. 그들은 산중에서 청년 카르데니오를 만나서 앞서 중단되었던 그의 불행 이야기를 마저 듣게 된다.(27장)

4. 4부(28-52장)

신부가 카르데니오에게 위로의 말을 꺼내려는 순간 도로테아의 구슬픈 목소리가 들려온다. 그리하여 그들은 귀족의 아들 돈 페르난도에게 정조를 잃고 버림받은 도로테아의 불행한 사랑 이야기를 모두 듣게 된다.(28-29장)

신부와 이발사는 돈키호테를 산중에서 구출하기 위하여 거짓으로 도로테아를 미코미코나 공주로 위장시킨다. 도로테아는 돈키호테를 찾아가서 거짓으로, 곤경에 처해 있는 자신의 왕국을 구출해 달라는 도움을 요청한다. 거짓 간청에 못 이긴 정의의 기사 돈키호테는 공주의 청을 수락하고 그녀의 왕국을 구출하기 위하여 고행을 멈추고 산중을 나서게 된다. 그리하여 모든 일행들은 팔로메케의 주막에 도착한다.(30-32장)

어느 투숙객이 주막에 놓고 간 보따리에서 이야기책과 원고를 발견한 주막집 주인이 신부와 이발사 앞에 그것을 내놓는다. 모두가 궁금해하자 신부가 이야기책을 꺼내서 읽기 시작한다.(33장) 『돈키호테』 1편의 또 하나의 흥미진진한 액자소설 '무모한 호기심이 빚은 이야기'(33-35장)는 소설의 흥미를 극도로

고조시켜 준다.

이야기의 줄거리는 다음과 같다.

이탈리아 피렌체에 절친인 안셀모와 로타리오라는 두 명문가의 기사가 살고 있었다. 안셀모는 아름다운 처녀 카밀라를 부인으로 맞아들인다. 그런데 무모한 호기심이 발동한 안셀모는 카밀라가 진정으로 정숙한 여인인지 알아보기 위하여 절친 로타리오에게 자신의 아내를 유혹해 보라고 간청한다. 로타리오는 처음에는 어리석은 친구의 무모한 제안을 거절했지만 하는 수 없이 카밀라를 유혹하는 행동을 한다. 그러자 굳게 믿었던 정숙한 부인 카밀라도 어쩔 수 없이 정조가 무너지게 되고 두 사람은 사랑에 눈이 멀어서 도주한다. 안셀모는 자신의 아내에게 실망하여 스스로 목숨을 끊게 되며, 이 소식을 들은 로타리오는 죄책감에 전쟁터로 자원입대하여 전사한다. 이 사실을 알게 된 카밀라 역시 수녀원으로 들어가서 속죄의 인생을 살다가 우울증으로 생을 마감하게 된다. 안셀모는 무모한 호기심으로 인해 아내와 친구를 잃고 마는데, 이는 남성이 아름답고 정숙한 여인을 어떻게 잘 보호하고 지켜야 하는지를 알려 주는 교훈적 이야기이다. 로타리오가 절친 안셀모에게 들려주는 충고가 구구절절 귀에 쟁쟁하게 울려 퍼진다.

"여자는 불완전한 동물이네. 그래서 걸려 넘어질 만한 장애물을 두어서는 안 되고, 불완전한 여인들이 미덕 있는 존재가 되기 위해 아무 걱정 없이 달려갈 수 있도록 그녀가 가는 길에 있는 모든 방해물을 치워서 안전하게 해 줘야 한다네.

자연을 연구하는 학자들이 이야기하기를 담비는 새하얀 털을 가진 작은 동물인데 사냥꾼들이 이 담비를 잡으려 할 때는 특별한 방법을 사용한다고 하지.

담비들이 자주 지나다니는 곳을 알아내 진흙으로 가로막은 뒤, 담비들이 그곳을 향하도록 몰아낸다네. 그러면 담비는 진흙이 있는 곳까지 와서, 자신의 하얀 털을 잃거나 더럽히지 않으려고 붙잡힐 때까지 가만히 멈춰 서 있는다더군. 자유와 생명보다 하얀 털을 더 소중히 여기는 거지. 정숙하고 정결한 여인은 담비이고, 정숙이라는 미덕은 눈보다 희고 깨끗하다네. 그러니 그것을 잃게 하고 싶지 않거나 그대로 보존해 주고 싶다면 담비에게 하는 것과는 다른 방법을 사용해야 하네. 골치 아픈 구애자들의 선물과 아첨의 진흙 앞에 그녀를 두어서는 안 된단 말이네.

정숙한 여인에게는 성스러운 유물을 다루는 방식을 사용해야 하네. 찬양하지만 손을 대서는 안 되는 것이야. 훌륭한 여인은 마치 꽃과 장미가 가득한 아름다운 정원을 지키고 소중히 하듯이 그 정원의 주인이라면 어느 누구도 그곳에 들어가지 못하게 하고 만지지도 못하게 해야 하네. 여자는 유리로 만들어졌으니 깨지는지 안 깨지는지 시험하면 안 되느니라. 모두 깨지고 말 테니."

(33장, 488쪽)

한편 미코미코나 공주로 위장한 도로테아의 간청으로 산속을 떠나 팔로메케 주막집으로 돌아온 돈키호테는 심신이 약해져 비몽사몽 간에 잠자던 방에 보관되어 있던 포도주 가죽주머니들을 나쁜 거인들이라고 상상하게 된다. 그는 칼을 뽑아서 가죽주머니들을 모조리 찔렀고 주변은 붉은 포도주가 흘러 나와서 난장판이 된다. 여기에 산초까지 나서서 자신의 주인이 거인과 싸워서 바닥에 붉은 피가 낭자하다고 떠들면서 호들갑을 떤다. 산초가 이상주의자 돈키호테와 동일시되는 첫 장면이다. 이는 산초의 돈키호테화化, quijotización로도 유명하다. 귀중한 포도주 가죽주머니들을 모조리 도륙 내어 망치는 것을 보자 주

막집 주인은 낭패와 실의에 빠지고 안주인도 화가 나서 이리저리 펄펄 뛰며 난리가 난다.(35장)

『돈키호테』 1편에는 액자소설로서 농부의 딸 도로테아와 공작의 아들 돈 페르난도의 사랑 이야기(24장, 27-28장), 루신다와 카르데니오의 사랑 이야기(24장, 27-28장)가 돈키호테의 산중 고행 모험과 겹치면서 벌어진다. 그리고 이야기의 결말은 팔로메케 주막집에서 해피 엔딩으로 마무리된다.(36장) 이 두 쌍의 사랑 이야기는 『돈키호테』 1편에서 매우 중요한 의미와 비중을 차지하는 액자소설로서 소설 기법상으로 볼 때 무려 4세기나 앞선 포스트모더니즘 소설이라고 할 수 있다.

『돈키호테』 액자소설에 등장하는 여성들은 남성에게 무조건 복종하고 숙명적으로 따르며 남성의 하명을 기다리는 수동적인 여성이 아니다. 남성으로부터 농락당하고 버림받아도 이것을 운명으로 받아들이던 그 시대의 여성상이 아니다. 세르반테스는 남녀가 동등한 처우를 받는 이상향을 그리고 있다. 그러기에 도로테아는 약속을 어긴 돈 페르난도에게 약속을 지켜줄 것을 요구하며 귀족으로서 명예를 위해 올바르게 행동하기를 부탁한다. 그녀는 남성에게 자신의 의사를 이성적으로 전달하고, 사리에 맞게 남성의 잘못을 지적하여 자신의 잘못을 깨닫게 할 만큼 진취적이고 현대적인 여성이다. 17세기에서는 상상할 수 없는 자유의지의 여성을 세르반테스는 보여 주고 있는 것이다.

『돈키호테』 38장에서는 문과 무에 대한 돈키호테의 흥미로운 연설이 전개되는데, 그는 공부하는 학자들에게 가장 큰 어려움이 가난이라고 말한다. 그러나 훌륭한 군인이 되는 것은 학자가 되는 것과는 비교할 수 없을 만큼 훨씬 어렵다고 기술한다.

> "최종적으로 훌륭한 군인이 되기 위한 것은 학자가 되기 위한 모든 것과 비교할 수 없을 만큼 아주 어렵습니다. 매 순간 목숨을 담보로 해야 하기 때문이지요. 궁핍과 가난에 대해 학자가 겪는 두려움이, 어떤 요새의 보루에서 군인이 보초를 서고 있을 때 자기가 서 있는 곳까지 적이 땅을 파서 공격하려는 것을 알더라도 그 자리를 떠나서는 안 되고 어떤 위험이 오더라도 그곳을 도망쳐서는 안 되는 두려움과 비교될 수 있겠습니까?"(38장, 570쪽)

세르반테스는 군인으로서 1571년 레판토 해전에도 참가하였고, 작가로서 배고프고 어려운 삶도 살았기에 그가 보여 주는 문과 무에 대한 삶의 의견은 매우 흥미롭다.

그는 39장에서 자신이 무적함대에 자원입대하여 레판토 해전에서 싸운 영웅담을 상기하면서 스페인과 가톨릭 연합함대가 오스만 튀르크에 거둔 역사적 승리를 기술한다. 이어서 자신이 해적들에게 붙잡혀 아프리카 북부 알제리에서 5년간 포로 생활을 했던 경험을(1575-1580년) 회상하면서, 기독교 포로와 (세르반테스 자신을 암시) 무어 여인[4] 소라이다 사이의 사랑 이야기를 언급한다. 우여곡절 끝에 두 사람은 그곳을 탈출하여 바로 여기 팔로메케의 주막집에 도착하는데, 포로 생활 중 두 연인의 연애담이 액자소설로 흥미롭게 소개된다.(39-41장)

이어서 사랑을 소재로 또 다른 액자소설이 시작된다. 아주 지체 높은 귀족의 아들 돈 루이스가 아버지의 명을 거역하고 노새몰이꾼 복장을 한 뒤 판관의 딸 도냐 클라라를 쫓아가

---

4 스페인을 침공한 이슬람교 사람을 무어인이라 불렀다. 주로 북부 아프리카에서 온 종족들이다.

서 사랑을 호소하는 소네트를 방 앞에서 부르는 사랑 이야기다.(42-43장) 한편 마리토르네스와 주막집 딸의 장난으로 돈키호테는 밤새도록 헛간 문에 손목이 묶여 비명을 질러 댄다. 그는 여전히 주막을 성으로, 주막집 딸을 성주의 딸로 생각한다.(43장)

다른 한편 돈키호테에게 면도 놋대야를 빼앗기고 산초에게 자신의 당나귀 마구를 강제로 바꿔치기당한(21장) 그 이발사가 주막집에 도착한다. 이발사는 돈키호테와 산초를 보자마자 도둑놈을 잡았다면서 달려든다.(44장)

주막집에서 돈키호테, 돈 페르난도, 도로테아, 카르데니오, 돈 루이스, 이발사, 종교경찰이 뒤엉겨서 한바탕 난장판이 벌어진다. 이후 종교경찰은 돈키호테의 인상착의가 명령서의 수배자와 일치하는 것을 확인하고서 체포하려 한다.(45장) 그러나 신부는 종교경찰에게 돈키호테가 제정신이 아니므로 체포할 이유가 없다고 설득한다.

세르반테스는 소설 장르 외에도 고전극의 삼일치 법칙(시간, 장소, 줄거리의 일관성)을 지키는 희곡 작품을 많이 썼다. 하지만 당대 극작가 로페 데 베가[5]의 고전극의 법칙을 초월한 파격적인 연극 기법에 묻혀 번번이 실패하고 좌절을 맛보았다. 여기서 작가는 교회법 신부와의 대화 속에서 당시 고전극의 삼일치 법칙을 지키지 않는 로페 데 베가의 연극을 노골적으로 비난하는 이야기를 삽입하여 조롱하고 있다.

> "1막 1장에서 나온 어린이가 2장에서 이미 수염 난 아저씨로 나온다면 이런 것이 우리가 다루고자 하는 주제에서 얼마나 황당하겠습니까? … 1막은 유럽에서 시작했는데 2막은 아시아가 무대가 되더니 3막은 아프리카에서 끝이 나는 겁니다. 만일 4막이 있었다면 4막은 아메리카에서 끝이 나면서 세계 방방곡곡을 누볐을 테지요."(48장, 711-712쪽)

사실 세르반테스가 당대 유행하던 기사소설에 대한 재판부터(6장), 로페 데 베가의 연극에 대한 비판에 이르기까지(48장) 작품 속에서 상당한 부분을 할애하면서 자신의 문학적 소신을

---

5   세르반테스와 동시대를 살며 경쟁 관계에 있던 로페 데 베가(Lope de Vega, 1562-1635년)는 황금 세기 최고의 극작가이다. 세르반테스는 그를 '자연의 귀재'라고 불렀다.

표출하고 있는 것은 흥미롭다. 바로 이런 점에서 정치, 사회, 종교 비판은 물론 당대 문학 비평에 이르기까지 전 분야를 아우르는 작가 세르반테스 글쓰기의 천재성과 현대성이 돋보인다 하겠다.

이어서 50-51장에서 전개되는 레안드라와 에우헤니오의 마지막 액자소설 역시 흥미롭다. 가난하지만 순수한 청년 에우헤니오는 부유한 집안의 레안드라를 사랑한다. 그러나 여인은 순수한 사랑의 마음을 무시하고, 보석 장식을 한 화려한 군복을 입고 마을에 나타난 군인의 허세에 끌린다. 곧장 사랑에 빠진 여인은 집안의 보석과 재산을 훔쳐 군인과 사랑의 도피를 한다. 그러나 사흘 만에 속옷만 걸친 채 레안드라가 산속에서 발견된다. 여인은 군인의 꼬임에 속아서 아버지의 재산을 훔쳐 가출하였는데, 군인은 재물만 빼앗고는 여인을 버리고 도망친 것이다. 여기서 작가는 여성의 어리석음, 허영, 겉만 번듯한 남성에 대한 사랑 등을 이유로 '여성은 불완전한 존재'라는 메시지를 교훈적으로 남기고 있다.[6]

---

6 중세 유럽 문학에서 여성 혐오의 이유 가운데 하나가 여성은 남성에 비해 불완전한

라만차 고향으로 돌아가는 에필로그 장면은 서글프고 애처롭다. 짐수레에 돈키호테를 가두고서 맨 앞에서 짐수레 주인이 수레를 끌고, 그 양옆에는 종교경찰들이 엽총을 들고, 그 뒤를 따라 산초 판사가 당나귀를 타고 로시난테의 고삐를 잡고 간다. 맨 뒤에는 신부와 이발사가 따라가고 있다.(47장) 그들은 도중에 교회법 신부들을 만나 기사도 책에 관해 이야기를 나누기도 한다. 산초는 아직도 섬의 총독이 되기를 기대하면서 이렇게 말한다.

"사람은 누구나 자신의 노력으로 자기 혈통을 만드는 법입니다. 인간인 이상 저도 교황이 될 수 있고, 섬의 총독이 되는 것쯤은 아무 문제 없지요."(47장, 704쪽)

국왕이 벌한 노역형 죄수들을 풀어 주고 나서(22장) 종교경찰의 추적을 받던 돈키호테는 우여곡절 끝에 고향 친구인 신부

존재라는 의식 때문이다. 세르반테스는 작품에서 남녀평등과 여성주의를 계속 부각시키지만, 마지막 액자소설에서 당 시대의 보수적인 사상을 언급하고 있다.

와 이발사의 도움으로 수레에 태워져서 무사히 집으로 돌아오게 된다. 흥미롭게도 작가는 『돈키호테』 1편 마지막 52장에서 돈키호테가 세 번째로 집을 나와서 사라고사로 갔고, 그곳에서 열린 창 시합에 참석하였다는 이야기로 1편을 마무리한다. 여기서 작가는 이미 『돈키호테』 속편을 집필할 자신의 의도를 독자들에게 암시하고 있다.

"그 명성은(돈키호테) 라만차 지방에 남겨져 돈키호테가 세 번째로 집을 나와 사라고사로 갔고, 그곳에서 열린 유명한 창 시합에 출전해 자신의 용기와 뛰어난 분별력에 어울리는 일들을 치렀다고 전해진다."(52장, 759쪽)

한편 『돈키호테』는 1편이 출간되자마자 신대륙으로 보내진 유일한 문학 작품이다. 이에 대하여 1905년 니카라과 시인 루벤 다리오는 스페인과 아메리카 신대륙 사이의 문화적 만남이 바로 세르반테스의 『돈키호테』를 통하여 이루어졌다고 그 의미를 강조했다.

또한, 스페인 알칼라 데 에나레스 출신으로 신대륙과 교역을 하던 후안 데 사리아Juan de Sarria가 그의 아들에게 『돈키호테』 66권을 보내 주었다는 기록이 있다. 이 책들은 스페인에서 출간된 지 불과 몇 주일 만에 신대륙 포르토베요Portobello에 도착하였다. 세르반테스의 고향 알칼라Alcalá는 당시 인문학의 중심지였으며 다국어 성서Políglota가 출판된 곳이기도 하였다. 그리고 안토니오 데 네브리하가 최초의 『스페인 문법서』를 출간한 곳이기도 하였다.

스페인의 황제 카를로스 5세(1516-1556년)는 신대륙 식민지 시대 초기부터 주로 세속적이고 공상적인 내용을 바탕으로 하는 문학 작품의 신대륙 수출을 금지(1531년)시켰다. 식민지 지배 논리를 강조하기 위해서 오직 아메리카 신대륙에는 신성한 교리와 기도서 성격의 서적들만 들여갈 수 있도록 한 것이다. 이는 그 당시 문학 작품이 이단자만큼 매우 위험한 존재로 인식되고 있었음을 알 수 있게 한다.

하지만 이러한 여건에도 기사소설을 많이 읽어서 광인이 된 기사를 주인공으로 한 『돈키호테』는 출간되어 신대륙으로 문제없이 보내졌다. 이것이 가능했던 것은 『종교재판관들을 위한 교본서』에 따르자면 미치광이는 종교재판소에서 문제 삼지 않는다는 규정 때문이었다.[7] 천재 작가 세르반테스는 바로 이 같은 규정에 착안하여 위대한 『돈키호테』를 집필하였다. 당시 유행하던 기사소설이라는 형식 속에 돈키호테의 광기를 문학적 수단으로 이용하여, 교회 성직자, 귀족, 왕족, 사회, 정치문제까지 돈키호테의 입을 통해 날카롭게 비판하면서 양심의 자유와 정의가 존재하는 유토피아를 꿈꾸었던 것이다.

---

[7] 박철, 「돈키호테 수용과정에 나타난 몰이해성」, 『비교문학』 제69집, 한국비교문학회, 2016.

4장

『돈키호테』 2편:
재치 있는 기사 돈키호테 데 라만차

1. 세 번째 출정 준비(1-6장)

　『돈키호테』 2편의 원제목은『재치 있는 기사 돈키호테 데 라만차El Ingenioso Caballero Don Quijote de la Mancha』이다. 2편은 74장으로, 분량도 1편보다 훨씬 많고 내용과 구성도 보다 치밀하다. 무엇보다 돈키호테의 행동과 사고방식이 바뀐 것이 눈에 띈다. 한마디로 2편에서 돈키호테는 이상을 추구하는 기사가 아닌 현실적으로 사고하고 행동하는 모습을 보인다. 때로는 현자처럼, 때로는 철학자처럼 행동하는 그의 다채로운 모습에서 세르반테스의 풍부한 인생 경험과 지혜가 몹시 돋보인다.

SEGVNDA PARTE
DEL INGENIOSO
CAVALLERO DON
QVIXOTE DE LA
MANCHA.

Por Miguel de Ceruantes Saauedra, autor de su primera parte.

Dirigida a don Pedro Fernandez de Caſtro , Conde de Le-
mos,de Andrade,y de Villalua,Marques de Sarria , Gentil-
hombre de la Camara de ſu Mageſtad , Comendador de la
Encomienda de Peñafiel,y la Zarça de la Orden de Al-
cantara, Virrey,Gouernador,y Capitan General
del Reyno de Napoles,y Preſidente del ſu-
premo Conſejo de Italia.

Año   1615

CON PRIVILEGIO,

En Madrid,Por Iuan de la Cueſta.
vendeſe en caſa de Franciſco de Robles,librero del Rey N.S.

돈키호테 2편 표지(1615년)

    작가는 『돈키호테』 2편 레모스 백작에게 보내는 헌사에서, 중
국 황제가 『돈키호테』를 읽고서 세르반테스에게 편지를 보내
왔다고 기술한다. 이어 그들이 스페인어를 가르치는 학교를 세

돈키호테 2편

작가	구분		주제	장소	시간
시데 아메테 베넹헬리	세 번째 출정	서문	승인서, 독자에게 바치는 서문, 레모스 백작님께 바치는 헌사		4개월
		1-6장	신부·이발사·산손 카라스코·조카·가정부는 돈키호테의 세 번째 출정을 우려, 가정부와 조카는 산초의 방문을 거부(2장)	라만차	
			돈키호테 1편 12,000부 발간 소식(3장)		
		7-15장	산손 카라스코는 돈키호테의 세 번째 출정을 기정사실화, 토보소를 향해 출발(7장)	라만차	
			마법사의 농간으로 둘시네아를 시골 아낙으로 보이게 만듦(8-11장)		
			숲속의 기사와 돈키호테의 결투(12-14장)		
		16-29장	돈키호테 1부 30,000부 발간 소식(16장)	라만차/ 몬테시노스 동굴	
			녹색 외투 기사와 만남, 사자와의 결투(17장)		
			카마초의 결혼(19-21장): 액자소설		
			몬테시노스 동굴의 모험(22-23장)		
			인형극 놀이꾼과의 만남(25-27장)		
			당나귀 울음소리 모험, 산초의 후회(27-28장)		
			마법에 걸린 배(29장)		
		30-41장	공작 부처와의 만남과 성에서 벌어진 모험 이야기: 공작 부인과의 첫 만남(30장)	공작의 성 (아라곤 지방)	
			공작 부처의 성에서의 환대와 수염 씻기 의식(31-32장)		

작가		구분	주제	장소	시간
			산초와 공작 부인과의 대화(33장)		
			둘시네아 공주에게 걸린 마법과 산초의 3,300대 매질(35장)		
			산초 판사가 아내 테레사 판사에게 보낸 편지 (36장)		
			칸다야 왕국의 트리팔디 백작 부인의 종자 도착 과 구원 요청(36-39장)		
			돈키호테와 산초, 클라빌레뇨 목마를 타고 공중 여행(40-41장)		
		42-44장	돈키호테가 총독으로 떠나는 산초에게 준 고귀 한 충고들(42-43장)	공작의 성	
		45-53장	산초 판사가 바라타리아섬 총독으로 임명되어 10일간 통치 시작: 솔로몬 지혜보다 훌륭한 산 초의 판결(45장)	바라 타리 아섬 (가상의 지명)	
			산초 판사, 페드로 레시오 박사의 농간으로 배고 픔 고통(47장)		
			공작 부인, 산초 판사 부인에게 편지와 선물(50장)		
			돈키호테가 산초에게 보낸 두 번째 충고 편지 (51장)		
			산초 판사 부인의 답장 편지(52장)		
			산초 판사 총독 자리 사임(53장)		
		54-59장	산초의 이웃 리코테와 만남(54장)	사라 고사로 가는 길	
			돈키호테와 산초, 공작 부처와 작별(57장)		
			가짜 돈키호테 출간 소식을 처음 듣게 됨(59장)		

작가	구분	주제	장소	시간
	60-72장	바르셀로나로 가는 길에 생긴 모험과 클라우디아의 복수(60장): 액자소설	바르셀로나로 목적지를 변경	
		바르셀로나 도착, 돈 안토니오 모레노 기사와의 만남과 마법의 두상(61-62장)		
		모리스코 여인의 아나 펠릭스의 사랑 이야기(63장)		
		하얀 달의 기사와 결투에서 돈키호테의 패배 (64-65장)		
		돈키호테의 귀향 준비, 돼지 떼에게 수난(68장)		
		가짜 돈키호테에 등장한 기사 알바로 타르페와의 만남(72장)		
	73-74장	돈키호테, 라만차 고향에 도착한 후 종부성사를 받고 유언을 하고 타계함	라만차	

우고자 하는데 『돈키호테』를 교재로 쓰고 싶다면서 세르반테스에게 그 학교의 총장직을 맡아 달라는 제안을 해 왔지만 이를 정중히 거절했다고 밝힌다. 세르반테스는 『돈키호테』 1편의 대성공을 좀 과장하여 자랑하기 위해 중국 황제까지 들먹인 것이다. 그 후 독자에게 바치는 서문에서 작가는 1614년에 출간된 가짜 돈키호테 속편에서 세르반테스를 늙고 시기심 많은 외

팔이라고 비방하는 저속한 기술에 대하여(세르반테스는 1571년 오스만 튀르크 함대와의 레판토 해전에 참전하여 왼팔에 총상을 입고 '레판토의 외팔이'라는 자랑스러운 별명을 얻었다), 품위 있고 고상한 유머를 사용하면서 돈키호테 위작 작가를 비난하고 있다.[1] 돈키호테 위작에 대하여 세르반테스는 매우 불편한 심기를 표출한다. 세르반테스는 자신이 『돈키호테』 2편 출판을 서두르게 된 이유가 가짜 돈키호테가 설치고 다니기 때문이라면서, 독자에게 바치는 서문에서 다음과 같이 말한다.

"독자께서는 제가 그 작가에게 당나귀 같은 자, 멍청하고 무례한 자라고 말하기를 바라시겠지만, 저는 그럴 생각이 들지 않습니다. 그의 죄는 벌을 받을 것이고 자신이 무슨 짓을 했는지 스스로 알게 되겠지요."(2편, 독자에게 바치는 서문, 31쪽)

1　가짜 작품 『돈키호테』 속편의 필명 아베야네다의 실제 인물에 대하여는 여러 가지 학설이 있다. 세르반테스는 위작의 작가를 로페 데 베가로 의심하였다. 왜냐하면 자신이 『돈키호테』 1편 48장에서 로페 데 베가의 희곡들이 아리스토텔레스의 삼일치 법칙도 지키지 않는 엉터리 작품이라고 매우 비난한 것에 대하여, 로페 데 베가가 복수한 것이라고 생각했기 때문이다. 현재로는 이 학설이 지배적이다.

세르반테스는 『돈키호테』 2편을 그의 나이 68세에 쓰고서 그 이듬해에 작고하였다. 그런데도 1편과 2편 사이의 연속성이나 서술 면에서 실수 혹은 모순되거나 부정확한 부분이 극소에 불과한 것은 전적으로 작가의 천재성에 기인한다. 『돈키호테』 1편이 30,000부 이상 팔리며 큰 성공을 거두자 1614년에 알론소 페르난데스 아베야네다라는 필명으로 가짜 돈키호테가 나왔고 세르반테스는 매우 불편한 심경을 『돈키호테』 2편의 서문과 작품 말미에서 표출하였다.

또한, 『돈키호테』 2편에서 세르반테스는 시작부터 74장까지 지속적으로 아랍인 역사가 시데 아메테 베넹헬리를 이 이야기의 원작자라고 내세우면서, 자신은 그 뒤로 꼭꼭 숨어 버린다. "시데 아메테 베넹헬리는 돈키호테의 세 번째 출정을 다룬 이 이야기의 2편에서 이렇게 전하고 있다"라고 기술하면서 『돈키호테』 2편 1장이 시작된다.

이는 당시 기사소설에서 흔히 쓰이던 기법이기도 할뿐더러 앞서 언급했듯 혹시라도 있을지 모를 검열이나 종교재판소의 고발을 피할 목적에서였다. 세르반테스는 자신이 『돈키호테』의 원작자가 아니라 아랍인 시데 아메테라고 주장함으로써 검열관이나 독자들을 혼란스럽게 한다.

공간적인 측면에서 『돈키호테』 1, 2편을 비교하면 『돈키호
테』 1편은 라만차 지방의 들판과 주막집, 특히 팔로메케 주막을
중심으로 이루어지는데, 그곳에서 루신다와 카르데니오, 도로
테아와 페르난도의 이야기가 해피 엔딩을 맞게 된다. 돈키호테
가 시에라 모레나 산중에서 고행을 끝내고 돌아오는 장소 역시
이 주막이 된다. 1편에서 돈키호테의 모든 모험은 광활한 라만
차 지방 곳곳을 오가면서 이루어졌다.

2편에서 돈키호테는 세 번째로 집을 나서 둘시네아의 마을
엘 토보소로 향한다. 그 후 몬테시노스 동굴의 모험을 끝내고
아라곤 지방의 사라고사를 향해 가다가 공작 부처의 성에 상
당한 기간 머물게 된다. 『돈키호테』 2편 공간의 중심축은 공작
부처의 성이라고 할 수 있다. 돈키호테가 공작 부처를 만나는
30장에서부터 57장에 이르기까지 아라곤 지방에서의 수많은
모험과 일화가 계속된다. 이 무렵 가짜 돈키호테 속편이 나온
사실을 알고서는 당초에 사라고사로 향하려던 돈키호테는 가
짜 돈키호테와의 차별성을 부각시키기 위하여 사라고사 대신
에 바르셀로나로 향한다. 그리고 다시 라만차의 고향으로 돌

돈키호테의 세 번째 출정과 아라곤 지방

아오기까지의 머나먼 공간적 이동으로 볼 때 『돈키호테』 2편이 1편보다 훨씬 넓은 지역을 다닌 것이다.

『돈키호테』 2편에서 흥미로운 것은 작가 세르반테스가 『돈키호테』 1편이 대성공을 기둔 사실을 학사 산손의 입을 빌려 말하고 있다는 점이다. (3장) 학사 산손은 『돈키호테』 1편이 12,000권이나 팔렸는데, 포르투갈, 바르셀로나, 발렌시아, 암베레스에서도 출판되었다고 말한다. 이후 16장에서 또다시 『돈키호테』 1편이 이미 30,000부나 팔렸다고 자랑하고 있다. 당시로서는 베스트셀러였으며, 애초에 기대하지도 않았던 대성공에 세르반테스는 그 흥분을 자신의 작품 2편에서 기술하고 있다.

『돈키호테』 2편 앞부분에서(1-6장) 돈키호테와 산초는 세 번째 모험을 준비한다. 신부와 이발사, 조카와 가정부는 돈키호테의 세 번째 출정을 막기 위하여 그의 의중을 살피느라 전전긍긍한다. 이렇게 7장까지 앞부분에서는 거의 아무런 모험이나 사건이 일어나지 않는다. 돈키호테는 사색의 광기를 더해 가면서 시야를 점점 더 넓혀 가고, 행동에 있어서는 더욱 인간적인 모습을 보인다.

그러나 돈키호테의 세 번째 가출은 이미 기정사실이 되어 있기에 학사 산손 카라스코는 돈키호테의 광기를 치유하기 위해 오히려 세 번째 출정을 부추긴다. 독자는 그 이유를 나중에 알게 된다.(12-14장)

『돈키호테』 2편에서 새로이 등장한 중요한 인물이 바로 학사 산손 카라스코이다. 그는 신부, 이발사와 함께 돈키호테의 광기와 모험에 대하여 많은 걱정을 한다. 산손 카라스코는 '숲의 기사' 혹은 '거울의 기사', '하얀 달의 기사'로 변장을 하고서 돈키호테와의 두 차례 결투 끝에 승리하여 돈키호테를 집으로 돌아가게 만들었다.

산손 카라스코는 산초에게 돈키호테 주인님의 이야기가 『재치 있는 시골 귀족 돈키호테 데 라만차』라는 책으로 출간되어 나돌고 있다고 말해 준다. 산손은 돈키호테를 직접 만나서 "지금 나리의 이야기가 1만 2천 권이나 인쇄되었다"라고 말해 준다. 이렇듯 『돈키호테』 1편의 대성공에 대하여 언급함으로써 (3장) 독자에게 돈키호테 이야기가 마치 현실의 세계에서 벌어지고 있는 실제의 이야기인 양 인식하게 만든다. 『돈키호테』 1편을 읽은 사람들은 길에서 그를 만나면 존경을 표시한다. 이제 돈키호테는 유명 인물이 되었다. 『돈키호테』 2편에서 기사 돈키호테와 산초는 현실적 인물이 된 것처럼 보인다. 이미 세르반테스는 400년 전에 '메타픽션' 소설 기법을 사용한 것이다.

2. 돈키호테의 세 번째 출정(7-29장)

마침내 돈키호테는 산초와 은밀히 준비를 마친 후, 한밤중에

돈키호테와 산초의 출정

학사 산손의 배웅을 받으면서 출발한다. 두 사람은 둘시네아를 만나기 위하여 토보소 마을로 향한다.(7장)『돈키호테』 2편에서 본격적인 모험은 이렇게 시작된다. 산초 판사는 꾀를 내어 토보소(라만차 지방에 실재하는 마을) 동네 어귀에서 만난 시골 아낙이 둘시네아라고 말한다.(10장) 돈키호테는 둘시네아를 시골 아낙으로 보이게 만든 것이 마법사의 농간이라고 생각한다.

그러던 중 숲속의 기사와 거울의 기사로 변장하고 나타난 학사 산손 카라스코는 돈키호테에게 결투를 신청한다. 그는 자신이 이기면 돈키호테가 고향으로 돌아가서 일 년 동안 칩거하는 조건을 내걸지만 의외로 돈키호테에게 패배하여 1차 계획은 실패로 돌아간다.(12-14장)

이후 녹색 외투의 기사 돈 디에고 데 미란다를 만난 돈키호테는 그와 매우 진지하게 가정 교육과 학문 연구에 관한 대화를 나눈다.(16장) 그리고 돈 디에고의 저택에서 그의 아들을 만난다.(18장) 수레에 실려 이동하는 사자를 발견하고서 돈키호테는 사육사에게 사자 우리를 열라고 고함을 친다. 녹색 외투의 기사가 만류하는데도 불구하고 돈키호테는 사자와 결투를 결심한다. 과연 누가 이겼을까? 결과는 돈키호테의 부전승. 늙고 비쩍 마른 돈키호테를 본 사자는 그와 싸우고 싶은 의욕이 사라져 버렸는지 우리 안에서 밖으로 나오지 않았다. 그러자 사육사가 기다렸다는 듯이 재치 있게 돈키호테의 부전승으로 판정을 내려서 불상사를 막았다.(17장)

사자들과 결투를 시도했을 때 돈키호테는 그 동물이 사자라는 것을 아주 잘 알고 있었다. 『돈키호테』 2편에서 돈키호테는 현상을 있는 그대로 바라본다. 풍차를 거인이라고 외치며 돌진하던 돈키호테가 이제는 사자를 두려워하지 않고 결투를 요구하는 것은 광기가 아니라 용기에서 비롯된 것이다. 확실히 1편과는 다른 모습이다.

돈 디에고의 집을 떠나 길을 가던 돈키호테는 건넛마을에서 결혼식이 거행된다는 얘기를 듣는다. 2편에서 첫 번째 액자소설 카마초의 결혼(19-21장) 이야기가 전개되는 부분이다. 카마초의 결혼은 17세기 당시 스페인 라만차 지방에서 벌어지는 결혼 관습과 남녀 사랑의 일면을 살펴볼 수 있게 한다.

부잣집 아들 카마초와는 달리 가난한 청년 바실리오는 키테리아와 같은 마을에서 벽 하나를 둔 건넛집에 살고 있다. 이 두 사람의 사랑은 '피라모스와 티스베'를 연상케 한다. 그러나 키테리아가 성숙해지자 그녀의 아버지는 자유롭게 집에 드나들던 바실리오에게 출입을 금하고 딸 키테리아에게 돈 많은 부자 카마초와 결혼할 것을 명령한다. 그러자 바실리오는 결혼식에서 기묘한 꾀를 써서 사랑하던 키테리아를 자신의 아내로 만든다. 자세한 이야기는 5장 돈키호테와 액자소설에서 소개하기로 한다.

『돈키호테』에서 여성주의는 끊임없이 발전하고 있다. 『돈키호테』 1편 12-13장에서 마르셀라가 자신의 자유의지와 명예를 지키려고 했던 분별 있는 모습에서부터 도로테아가 자유의지에 따라 사려 깊게 행동하며 돈 페르난도를 설득하는 장면(36장), 그리고 『돈키호테』 2편의 첫 번째 삽입소설 카마초의 결혼에서 키테리아가 처음엔 소극적으로 부모에게 복종하는 모습이었으나, 청년 바실리오의 용기 앞에서 자신의 자유의지에 따라 스스로 사랑을 선택하는 여성으로 발전하는 점 등이 그 예이다.

그중에서도 『돈키호테』 2편 60장에서 자신을 배신한 남성을 징벌하는 클라우디아의 이야기에서는 상당히 진취적인 여성주의가 나타난다.

"그가 제게 한 약속을 잊고 다른 여자와 오늘 아침 혼인식을 올리게 된다는 것을 알게 되었습니다. 이 새로운 소식은 제 판단력을 뒤흔들었고 인내심을 바닥나게 하였습니다. 저는 지금 보시듯이 아버지의 옷을 입고 서둘러 말을 달려 이곳에서 1레구아 떨어진 돈 비센테가 있는 곳으로 갔습니다. 그에게 어떤 불평을 늘어놓거나 그의 변명을 들을 사이도 없이 저는 그에게 엽총을 발사했고, 그에 더하여 이 두 권총으로도 쏘았습니다."(60장, 729-730쪽)

돈키호테에서 여성주의는 점차 점차 과격하고 폭력적으로 변모하는 행태를 보여 준다. 세르반테스는 여성의 입장에서 "남자들의 약속이란 대부분 극히 가벼운 기분으로 하는 것이고, 그 약속을 수행한다는 것은 매우 무거운 일"이라고 말한다. 이런 점에서 클라우디아는 앞서 언급한 마르셀라나 도로테아처럼 순수하고 분별력 있게 사랑을 호소하는 여성이 아니라, 증오심으로 복수를 하는 새로운 여성상을 보여 주고 있다. 즉 자신을 배반하고 다른 여인과 결혼하는 남자를 찾아가서 그의 변명을 들어 줄 틈도 주지 않고 쏘아 죽이는 여성주의는 모두를 깜짝 놀라게 만든다. 당시 사회에서는 상상하기 어려운 행동이며 과격한 여성주의라 할 수 있다.

　돈키호테의 유명한 몬테시노스 동굴의 모험(23장)은 가장 흥미롭게 읽어 보아야 할 중요한 모험이다. 몬테시노스 동굴은 라만차에 실제로 존재하는 장소이고 그 주변에 펼쳐진 루이데라 호수도 여름철에 휴양지로 사랑받는 곳이다. 돈키호테에 나오는 지명이나 장소들은 모두 스페인에 실재하는 장소들이라는 점에서 소설 『돈키호테』의 사실주의가 돋보인다.

　돈키호테는 밧줄을 타고서 캄캄한 동굴 밑으로 모험을 하기 위하여 내려갔다가 불과 한 시간 만에 올라온다. 그러나 그는 그 동굴 속에서 사흘 밤낮을 지내면서 마법에 걸린 몬테시노스를 만나 그의 안내를 받아 다니다가 마술에 걸린 둘시네아 공주까지도 보았다고 말한다.[2] 산초에게 이 사실을 꼭 믿어 달라고 말하자 산초는 주인의 황당한 광기를 탓한다.(22-23장)

　돈키호테는 동굴 깊은 곳에서 자신이 본 기이한 사실들에 의

---

[2]　동굴로 내려가는 돈키호테. 그는 한 시간을 보낸 것을 사흘 밤낮 동안 그곳에 있었다고 말한다. 해리 시버는 여기에서의 시간 조작이 베르그송의 시간 개념과 상응한다고 말한다. 보르헤스는 자신의 단편소설에서 마술적 사실주의 기법으로 시간 개념을 사용하였다. (박철 외, 『환멸의 세계와 문학적 유토피아』, 월인, 2016, 315쪽.)

문을 갖는 산초에게 이렇게 말한다.

"자네는 아직 세상 경험이 부족하기 때문에 다소 어려움이 따르는 일이라면 무엇이든 불가능하게 여기는 게야. 하지만 아까도 말했듯이 시간이 지나면서 내가 저 아래 세상에서 보았던 것들을 자네에게 찬찬히 이야기해 주면, 결국 자네는 지금 내가 한 이야기를 믿게 될 거야. 그것은 다 진실이기에 반박의 여지도 논쟁의 여지도 없네."(23장, 308쪽)

돈키호테는 인간을 진정으로 행복하게 하는 것이 사물 그 자체에 있는 것이 아니라, 사물이 개인의 상대적인 시선 속에 비칠 때 낳은 환상 덕분에 가능하다고 본다. 이러한 맥락에서 돈키호테의 모험은 자신이 해석하고 꿈꾸는 세계를 찾는 것이다. 이러한 모험의 절정이 몬테시노스 동굴 이야기에서 제시된다고 하겠다.

따라서 돈키호테가 동굴 안에서 본 것에 대한 믿음과 그로 인한 기쁨은 돈키호테에게 행복을 가져다준다고 볼 수 있다. 돈키호테는 이에 대해 "이 세상의 즐거움이 모두 그림자와 꿈처

럼 보이지만 그 속에 인간의 행복이 자리 잡고 있음"을 역설한
다. 이러한 면은 바로 에라스뮈스가 『광기 예찬』에서 말하는
'광기 속에 인간 행복의 비밀이 있다'는 것을 말해 준다.[3]

한편 『백년의 고독』을 쓴 콜롬비아의 가르시아 마르케스
Gracía Márquez의 마술적 사실주의 기법과 아르헨티나의 호르헤
루이스 보르헤스Jorge Luis Borges를 비롯한 남미의 환상 문학 기
법이 바로 여기에서 기원한다는 지적도 있다. 불과 한 시간 동
안 몬테시노스 동굴 속에 머물렀던 돈키호테가 자신이 그곳에
서 사흘 밤낮을 지냈다고 하는 것이야말로, 동굴에서 꿈을 꾼
돈키호테의 실제 시간과 상상의 시간이 마술적으로 병립하는
장면이라는 것이다. 이는 20세기의 프로이트적 꿈이나 잠재의
식 속에서 본 세계를 현실과 혼동하는 모습을 잘 보여 준다. 이
런 점에서 몬테시노스 동굴의 모험은 현대소설에서 마술적 사
실주의 기법을 비롯해 수많은 문학적 모방을 만들면서 더욱 유

---

3 에라스뮈스는 『광기 예찬』에서 플라톤의 '동굴의 우화'를 인용하면서, 동굴 안의 모
습에 기뻐하며 행복을 꿈꾸는 미치광이의 모습이 더 낫다고 말한다. 에라스뮈스의
이러한 생각은 세르반테스가 돈키호테를 통하여 역설하고 있는 주제 중 하나이다.
(박철 외, 『환멸의 세계와 문학적 유토피아』, 월인, 2016, 233쪽.)

명해졌다고 할 수 있다.

『돈키호테』 2편 25장에서 인형극 조종사로 나타난 마에세 페드로는 『돈키호테』 1편과 연관된다. 『돈키호테』 1편 22장에서 갤리선 노역형을 받고 붙잡혀 가던 죄수 중 파사몬테라는 자가 마에세 페드로로 신분이 바뀌어서 다시 나타난 것이기 때문이다. 이런 점에서 『돈키호테』 1편과 2편은 연속성을 가지고 이어지고 있다.

마에세 페드로는 주막집에서 돈키호테와 마주치자 기사도를 부활시킨 불멸의 주인공이 아니냐고 물어 주위 사람들을 놀라게 한다. 페드로는 원숭이를 데리고 다니면서 속임수로 점을 쳐 주고 즉석 인형극을 하는데, 공연 도중에 인형극과 현실을 혼동한 돈키호테가 갑자기 이성을 잃고 무어인으로 분장한 인형들을 모두 칼로 베어 버리는 광기를 발동한다. 그러나 제정신이 돌아온 돈키호테는 마에세 페드로에게 묵묵히 큰돈을 배상해 준다. 확실히 『돈키호테』 1편과는 다른 모습이다.

이어 스페인의 시골 풍습과 삶을 기술한 당나귀 울음소리에 얽힌 이야기가 진행된다.(27장) 마법에 걸린 배에 얽힌 모험(29장) 이후에 돈키호테는 공작 부인을 만나서 2편의 중심 무대가 되는 공작 부처의 성으로 가게 된다.(30장) 이제부터 공작 부처의 성에서 홍미진진한 일화가 계속된다.(30-57장)

3. 공작 부처의 성에서 벌어진 이야기(30-57장)

『돈키호테』 1편이 팔로메케의 주막을 중심으로 이루어졌다면, 『돈키호테』 2편의 중심 공간은 공작 부처의 성이라고 할 수 있다. 돈키호테와 산초는 공작 부부와 함께 지내면서 수없이 많은 모험을 벌이고 때로는 조롱을 당하면서 공작 부처를 즐겁게 해 준다. 공작 부처의 성에서 일어난 모든 모험은 돈키호테와 산초에게 장난을 치기 위해 공작 부처가 치밀하게 준비한 거짓 연극이었다.

그중 하나가 산초 판사로 하여금 그가 자신의 손으로 자신의 엉덩이를 3,300대 매질하면 둘시네아가 마법에서 풀려나게 된다고 돈키호테를 믿게 만든 일이다.(35장) 산초는 처음에 이를 거절하였다가 공작이 이를 이행하지 않으면 섬의 총독이 될 수 없다고 하자 결국 제안을 수락하게 된다. 이후 칸다야 왕국에서 찾아온 가상의 트리팔디 백작 부인의 요청에 따라서 돈키호테와 산초는 클라빌레뇨 목마를 타게 된다. 목마가 하늘 높이 날아 3,000레구아나 멀리 있는 칸다야 왕국까지 단숨에 가야 한다며 두 사람을 속이는 공작 부처의 장난은(41장) 가히 오늘날 로켓이나 비행기를 떠올리게 한다. 목마를 탄 산초는 "거기서부터 땅을 내려다보니 땅 전체가 겨자씨보다 크지 않더란 말입니다. 그리고 그 땅 위를 걷는 사람들은 개암 열매보다 조금 크고 말이지요. 그러니 그때 우리는 얼마나 높이 날고 있었는지 모르지요"라고 말한다. 여기에 이르러 산초 판사도 주인 돈키호테처럼 광기가 극도에 다다른 것처럼 보인다.

우스꽝스러운 클라빌레뇨 목마의 비행이 있던 다음날, 공작은 하인들과 가신들을 불러 놓고 약속했던 대로 산초를 섬의 총독으로 임명하는 장난을 친다. 알파벳도 모르는 산초에게 장난을 치기 위해 공작 부처가 준비한 연극이었지만 산초는 진지하게 공작 앞에 무릎을 꿇고 말한다.

"그 섬을 제게 주세요. 악당이 얼마가 있더라도 천국에 갈 수 있는 총독이 되기 위해 애써 봅지요. 제가 이리하는 것은 탐욕 때문이 아니라 총독이 되는 것이 어떤 것인지 한번 맛보고 싶은 소원

이 있기 때문입니다."(42장, 508쪽)

자신을 따라 모험에 나선다면 언젠가 섬의 총독을 시켜 주겠다고 했던 돈키호테의 약속이(1편, 7장) 드디어 이루어지는 순간이다.

산초가 바라타리아섬의 총독이 되자(45장) 이야기의 화자인 아랍인 역사가 시데 아메테 베넹헬리는 산초의 활동과 그의 아내 테레사의 모습, 그리고 고향 마을 사람들까지 카메라가 번갈아 가며 비추는 영화적 기법을 쓴다. 이 장면은 돈키호테와 산초의 행동을 두 개의 카메라가 번갈아 비추는 것처럼 역동성을 보여 준다. 나아가 돈키호테와 산초는 대등한 위치에서 대화를 나누는데 그 대화가 심오한 삶의 철학을 담고 있어서 독자들은 두 사람의 대화에 깊이 빠져들게 될 것이다.

마침내 산초 판사는 바라타리아섬의 총독이 되어 떠나가고, 그 섬에서 벌어지는 총독 산초의 이야기가 흥미진진하게 전개된다.

섬의 총독이 되어 떠나는 산초 판사에게 돈키호테는 지도자로서 지켜야 할 덕목들과 몸가짐에 대하여 고귀한 충고를 해

준다.(42-43장)

　세르반테스가 꿈꾸었던 유토피아 세계, 즉 '멋진 공화국'에 대한 작가의 사상이 가장 잘 드러나는 부분이 바로 『돈키호테』 2편 45장에서 53장까지 전개되는 바라타리아섬의 총독 산초 판사 이야기이다.

　작가는 『돈키호테』 1편부터 언급되는 '멋진 공화국', 즉 유토피아적 요소들을 여기 바라타리아섬에서 구현하고 있다. 세르반테스는 무지하지만 좋은 천성을 지닌 산초라는 인물을 통해 올바른 통치자의 모형을 보여 주고 있다.

　산초가 통치를 하는 사람들이 다 왕족의 피를 가진 것이 아니라고 말하자 돈키호테는 산초의 말에 동의하면서 이렇게 말한다.

　"산초야, 네가 미덕을 으뜸으로 생각하고 후덕한 행동을 하는 것을 자랑으로 삼는다면, 군주나 귀족을 아버지와 할아버지로 둔 사람들을 부러워할 까닭이 없다. 혈통은 세습되지만 미덕은 스스로 일구어 내는 것인데, 미덕은 그 자체만으로도 혈통이 도저히 미치지 못하는 가치를 지니고 있다."(42장, 512쪽)

『돈키호테』 2편에서 산초 판사의 역할은 1편보다 훨씬 돋보이고 이성적으로 주인을 능가하는 모습도 자주 보인다. 특히 바라타리아섬의 총독이 되어서 분별력 있고, 지혜로운 판결을 하는 산초는 가히 솔로몬의 지혜로움을 연상하게 한다.(45장)

알파벳도 모르는(우리 속담으로는 '낫 놓고 기역 자도 모른다'고 할 수 있는) 까막눈 산초가 섬의 총독이 되어서 분별력 있고 지혜로운 판결을 내리는 모습을 보고서 섬사람들은 그를 솔로몬 같은 지도자라고 찬양한다.(45장) 여기서 세르반테스는 재판은 법으로만 하는 것이 아니라 정황을 고려하여 지혜로 하는 것이며, '인간 위에 법이 있는 게 아니라 법 위에 인간이 있다'는 인본주의 정신을 강조하고 있다.

세르반테스가 꿈꾸던 '멋진 공화국'은 훌륭한 천성을 지닌 촌부라도 통치자가 될 수 있는 곳이다. 산초 판사는 농부들을 옹호하며 덕망 있는 사람들을 표창하고, 게으름뱅이와 방랑자들을 추방하는 상식과 법이 통하는 합리적인 통치를 한다.

"내 생각으로는 이 섬에서 더러운 것은 죄다 쓸어 내야 하오. 부 랑자, 게으름뱅이, 놈팡이 같은 녀석들을 싹싹 쓸어 내 버리자는 말이오. 쓸모없고 게으른 인간들은 공화국이라는 벌집에서 일벌들이 만들어 놓은 꿀을 가만히 앉아서 먹어 치우는 수벌들과 마찬가지라는 사실을 알아주기 바라오."(49장, 592쪽)

『돈키호테』 1편 11장에서 작가는 멋진 공화국을 암시하면서 "바위 틈새와 나무에 파인 구멍 속에서 부지런하고 분별력 있는 꿀벌들이 자신의 노동을 통해 얻어 낸 풍요로운 수확을 나태한 수벌들에게 나누어 주고 있다"라고 묘사한다. 여기서 게으르고 나태한 수벌들은 귀족 계층들을 패러디한 것이라고 할 수 있다. 세르반테스는 2편 49장에서 나태하고 게으른 인간들을 수벌에 비교하면서 다시 한번 질책한다.[4]

돈키호테는 산초에게 편지를 보내 두 번째 충고를 한다. 첫째, 백성들의 마음을 얻으려면 누구에게나 예의 바르게 행동해야 한다. 둘째, 식량을 풍부하게 하도록 노력해야 한다. 왜냐하면 배고픔과 물가가 오르는 것보다 더 가난한 사람들의 마음을

---

[4] 토머스 모어는 『유토피아』에서 귀족들을 수벌처럼 남의 노동으로 잘 먹고 잘 사는 사람들로 평하고 있다.

괴롭히는 일은 없기 때문이다.(51장) 돈키호테는 산초에게 섬의 순시를 자주 하라고 충고한다. 그리하여 산초는 섬의 야간 순시도 하고 소매상인들의 사재기 행위, 포도주 원산지 증명 등 상행위 법도 제정한다. 이러한 점에서 산초 판사의 통치는 민주적이다.

이렇게 위대한 총독 산초 판사의 법률이 만들어진다. 이처럼 바라타리아섬에서 산초의 정직하고 지혜로운 통치가 성공을 거두는 것은 통치술이 단지 귀족들만의 비법이 아니며, 평민도 올바르게 통치할 수 있음을 말해 준다. 그리고 훌륭한 통치를 하는 가장 큰 덕목은 올바른 천성과 양심이라는 것을 보여 준다.(43장)

한편 공작 부처의 늙은 시녀 도냐 로드리게스에 얽힌 이야기(52장), 공작의 마부 토실로스와 돈키호테 사이에 벌어진 결투(56장), 황소들에 짓밟히는 수난(58장)이 이어진다. 공작 부처는 온갖 장난으로 돈키호테와 산초를 골탕 먹이면서 즐거워하는데, 돈키호테와 산초는 놀림을 당하며 오히려 그 상황을 즐긴다. 아이러니하게도 두 사람은 자신들이 오히려 공작 부처를 놀리고 있다는 생각이다. 과연 누가 누구를 놀리면서 즐거워하는지 혼란스럽다. 바로 여기에서 세르반테스의 천재성이 빛나고 있다.

마침내 돈키호테는 공작 부처의 성에서 누렸던 나태하고 한가로운 생활에서 빠져나오는 것이 좋겠다고 생각하고 작별 인사를 한다. 공작 부처의 성을 떠나면서 돈키호테는 산초에게 자유의 귀중함을 이렇게 말한다.

"산초야, 자유란 하늘이 인간에게 내려 주신 가장 고귀한 선물 중 하나이다. 땅속에 묻혀 있는 보물도 바닷속에 숨겨져 있는 보물도 자유와 비교할 수는 없지. 자유와 명예를 위해서는 목숨을 걸수 있거나 목숨을 걸어야만 한다. 반대로 포로 생활이란 인간에게 닥쳐올 수 있는 가장 큰 불행이니 … 우리가 받은 은혜와 호의에 보답해야 한다는 의무감은 우리 정신을 자유롭지 못하게 하는 속박이기 때문이다. 하늘 이외에 어느 누구에게도 감사해야 할 의무감 없이 하늘이 주시는 빵 한 조각을 받는 사람은 얼마나 행복한가!"(58장, 689-690쪽)

세르반테스가 돈키호테 작품 속에 숨긴 가장 위대한 메시지

중의 하나가 자유이다. 세르반테스는 유럽이 당시 이미 근대 여명의 징조를 보일 때 아직도 절대군주체재에 있던 조국 스페인이 그토록 갈구하던 종교의 자유를 이렇게 암시하고 있다.

"거기(독일) 사람들은 각자 원하는 대로 살며, 그들 대부분은 양심의 자유를 누리며 살고 있네."(54장, 658쪽)

그는 2편 54장에서 모리스코인 리코테 입을 통해서 종교의 자유와 양심의 자유를 부르짖으며 스페인의 절대 왕조에 도전한다. 이는 당시 군주체제에 대한 비순응주의적 자세를 극명하게 보여 준다.

4. 바르셀로나 방문 후 귀향(58-74장)

공작의 성을 떠난 돈키호테는 사라고사가 아닌 바르셀로나 시를 향해 간다. 바로 이즈음 아베야네다가 쓴 가짜 돈키호테 2편 출판 소식을 처음으로 듣고서 매우 불쾌함을 느꼈기 때문이다.(59장)[5] 돈키호테는 가짜 작품의 거짓을 폭로하기 위해서

돈키호테의 귀향

사라고사로 가지 않고 바르셀로나로 향한다. 저자는 『돈키호테』 1편 마지막에서 돈키호테가 세 번째로 집을 나와 사라고사로 가서 창 시합에 참여했다고 기술하였지만, 가짜 돈키호테와의 차별을 위해서 급작스레 바르셀로나로 목적지를 바꾼다.

두 사람은 바르셀로나로 가는 산중에서 당시 실존 인물로 유명한 산적 로케 기나르트를 만나 이런저런 모험을 한다. 거기서 사랑에 배신당한 여인 클라우디아의 무서운 복수(60장)를 목격한다. 그녀는 돈 비센테가 자신을 배신하고 다른 여자와 결혼한다는 소문을 듣고 그를 찾아가서 총으로 죽였는데, 이 소문은 오해가 빚은 질투의 잔혹한 힘이 만든 비극이 되어 버렸다.

마침내 돈키호테는 성 요한 축일 전야에 바르셀로나에 도착한다.(61장) 그곳에서 안토니오 모레노 기사의 접대를 받으며

5　1613년 돈키호테 위작이 출간된다. 작가의 이름은 Avellaneda라고 기록되어 있지만 실제로 누구인지는 알려지지 않았다. 『돈키호테』 1편이 대성공을 거두자 누군가 가짜로 돈키호테 속편을 써서 세르반테스의 명성에 흠이 가게 하려고 한 것이다. 세르반테스는 2편 59장을 집필할 무렵 가짜 돈키호테가 출간된 것을 알고서 59장에서 불쾌감을 피력한다. 그리고 사라고사로 가서 모험을 하는 가짜 돈키호테와 구별을 위하여 바르셀로나로 목적지를 바꾸게 된다. (『돈키호테』 1편 52장 말미에서 돈키호테의 세 번째 모험이 사라고사에서 이루어졌다고 기술했다.)

그의 저택에 투숙한다. 거기서 모레노 기사가 꾸며 낸 마법의 머리는 돈키호테의 광기를 치유하려는 가짜 연극이었다.(62장) 이어 바르셀로나 거리를 걷다가 우연히 인쇄소에 들어가는데, 그곳에서 가짜 돈키호테 출판을 준비하고 있는 것을 보고서 불쾌감을 표출한다.(62장) 이는 가짜 돈키호테에 대한 작가의 강한 반감을 메타픽션적 기법으로 보여 준다.

모리스코인 리코테의 딸 아나 펠릭스를 사랑했던 돈 그레고리오를 구출하기 위해 작은 배를 알제리에 보내려고 할 때, 돈키호테가 자기에게 무기와 말을 준비해 준다면 알제리로 가서 아랍인들로부터 돈 그레고리오를 구출해 오겠다고 말하자 산초가 나서서 말린다.(63-64장) 돈키호테가 광기가 아닌 용기를 보여 주는 모습이다.

이후 바르셀로나의 해변에서 하얀 달의 기사로 위장한 학사 산손 카라스코가 다시 나타나 돈키호테에게 두 번째 결투를 요청한다.(앞서 14장에서 학사 산손은 거울의 기사로 돈키호테에게 결투를 신청했으나 패배하여 목적을 이루지 못하였다) 돈키호테는 결투를 받아들이고 싸웠지만, 이번에는 하얀 달의 기사로 위장한 학사 산손이 승리한다.(64장) 학사 산손은 결투의 조건으로 자신이 승리하면 돈키호테가 편력기사의 모험을 포기하고 고향으로 돌아갈 것을 요구한 바 있었다. 돈키호테의 광기를 치유하려는 의도로 두 차례나 결투를 신청한 산손 카라스코의 변신도 역시 의도된 연극이었다.

결투에서 패배하여 상심한 돈키호테는 귀향하면 목동이 되리라 마음먹는다.(67장) 그렇게 집으로 돌아오는 길에 시장으로 팔려 가는 돼지 떼들에게 짓밟히는 수모를 당한다.(68장)[6] 귀향 도중에 다시 공작 부처의 성을 지나게 되는데, 이를 미리 알았던 공작 부처는 다시 짓궂은 장난을 친다. 돈키호테를 사모하던 시녀 알티시도라가 자살하여 죽은 것처럼 위장하여 장례식을 거행하면서, 산초가 고행을 하면 죽었던 알티시도라가 다시 살아난다고 장난을 친 것이다.(69-70장)

이어, 어느 주막집에서 가짜 돈키호테 2편에 나온 기사 돈 알바로 타르페와의 우연한 만남이 이루어지는 이야기가 전개된다.(72장) 바로 가짜 돈키호테 속편에 나온 그 기사가 지금 돈키

---

6   양 떼의 모험처럼 스페인 들판에는 방목으로 기르는 돼지들이 많다. 그러기에 돼지 떼의 공격을 받는 이야기도 사실주의에 기반한 이야기로 본다. 돈키호테에서 언급되는 지명, 풍습, 상황 등은 모두 사실주의에 기반하고 있다.

호테 눈앞에 나타난 것이다. 독자들은 픽션을 읽고 있는 게 아니라 이야기 속 인물인 돈 알바로 타르페가 실제 인물인 것처럼 착각하게 되어 어리둥절해진다.(72장) 이미 4세기 전 작가 세르반테스의 천재적인 메타소설 기법이 놀랍다.

마침내 고향으로 돌아왔지만, 마법에 걸린 둘시네아를 구해내지도 못하고, 결투에서도 패배한 돈키호테의 슬픔과 우울함은 날로 더해 간다. 결국 우울증으로 급격히 마음과 기력이 약해진 돈키호테는 병석에 눕는다.(73장) 돈키호테는 모든 사람을 모아 놓고 유언장을 발표하고 종부성사를 받고서, 제정신을 회복한 후에 그리스도교인으로 눈을 감는다.(74장)

돈키호테 2편 마지막 74장에서 세르반테스는 이렇게 말하고 있다.

"돈키호테는 오직 나를 위해 태어났고, 나는 그를 위해 태어났다. 그는 행동할 줄 알았으며 나는 그것을 이야기로 쓸 줄 알았다. 오직 우리 두 사람만이 하나가 될 수 있다."(74장, 882쪽)

세르반테스는 돈키호테의 가짜 속편이 또다시 나오는 것을 막기 위하여 74장에서 더 이상의 돈키호테 이야기는 없을 것이라고 단언한다.

> "그는(돈키호테) 지금 무덤 속에서 세 번째 책을 준비하기 위해 새
> 로운 여행을 하는 것은 불가능한 채로 몸을 길게 뻗어 쉬고 있다.
> 수많은 편력기사들이 행한 여행들을 비웃기 위해서는 두 번의 여
> 행이면 충분하다.[7] ··· 나의 진정한 돈키호테 이야기 덕분에 그런
> 기사도 책들은 이미 쓰러지기 시작했으며 의심할 여지 없이 완전
> 히 무너져 버릴 것이다."(74장, 883쪽)

『돈키호테』 2편은 1편보다 훨씬 더 현실적이며 돈키호테는
보다 사색적이고 철학적이다. 산초는 끊임없이 속담을 읊어 대
면서 때로는 돈키호테보다 더 지적이고 현학적인 모습을 보여
준다. 세르반테스는 『돈키호테』 1편의 대성공에 자신감을 얻고
서 좀 더 과감하게 당시 귀족과 성직자, 교회를 비판한다. 인간

---

[7] 여기서 두 번의 여행이라 함은 돈키호테 1편과 2편을 의미한다. 돈키호테 3편은 결
코 없을 것이라는 작가의 단호한 의지를 보여 준다.

중심의 사회, 혈통보다는 자기 자신의 노력과 미덕으로 인정받는 세계, 소위 '멋진 공화국'의 건설을 꿈꾸고 있다.

　세르반테스는 산초 판사의 바라타리아섬 통치를 통해 자신이 꿈꾸었던 유토피아적 세계를 실현시킨다. 돈키호테의 위대한 문학성이 바로 여기에 숨겨져 있으며, 독자들은 이 보물을 찾는 것이 돈키호테 읽기의 즐거움이 될 것이다.

5장
『돈키호테』와 액자소설

　『돈키호테』에는 돈키호테와 산초의 모험들이 벌어지는 중간 중간에 액자소설이 끼워져 있다. 1편에 7개, 2편에 7개의 삽입소설이 있는데 대부분 사랑 이야기들이다. 1편에서 흥미로운 삽입소설로는 12-14장의 〈그리소스토모와 마르셀라의 사랑〉, 24장, 27-28장, 36장의 〈돈 페르난도와 도로테아의 사랑〉, 〈카르데니오와 루신다의 사랑〉, 39-41장의 〈포로 대위 비에드마와 무어 여인 소라이다의 사랑〉, 42-43장의 〈도냐 클라라와 돈 루이스의 사랑〉, 50-51장의 〈레안드라와 에우헤니오의 사랑〉을 들 수 있다.

　『돈키호테』 2편에는 19-21장의 〈카마초의 결혼〉, 25-27장의

〈두 명의 읍장과 당나귀 울음소리〉, 48장, 52장, 56장, 66장까지 이어지는 〈도냐 로드리게스〉, 49장의 〈돈 디에고의 딸〉, 54장, 63장의 〈무어인 리코테〉, 60장의 〈클라우디아〉, 63장과 65장의 〈리코테의 딸 아나 펠릭스〉 등이 있다. 흥미로운 것은 액자소설을 통해 작가 세르반테스의 결혼관과 여성의 자유의지 사상이 잘 나타난다는 점이다. 큰 틀에서는 작가의 여성관과 페미니즘에 관한 생각도 엿볼 수 있다.

작가는 돈키호테 2편에서 "아무리 명약이라도 쓰면 뱉고 달면 삼키는 것이기에, 돈키호테 속에 나오는 딱딱한 교훈들에다가 달콤한 이야기를 삽입하여서 소설 읽기를 즐겁게 한다"(승인서, 24쪽)라고 말하고 있다. 이런 점에서 볼 때 저자는 돈키호테 속에 재미있고 웃음을 주는 액자소설들을 여기저기 숨겨 놓아 독자들이 삶의 교훈들을 뱉지 않고 삼킬 수 있도록 하였다.

다시 말하자면 돈키호테와 산초 판사가 벌이는 모험들이 자칫 단조로울 것을 걱정하여 작가는 소설 속에 또 다른 소설, 즉 액자소설을 끼워 넣어서 돈키호테 교훈 읽기를 재미있게 만든 것이다.

돈키호테 2편 3장에서 사람들이 작가의 실수라고 지적하는 것 중 하나는 '무모한 호기심이 빚은 이야기'라는 액자소설을 돈키호테 속에 삽입했다는 것이다. 이는 그 소설이 나쁘다거나 논리가 잘못되어서가 아니라, 필요가 없는데도 삽입되었고, 또한 돈키호테 나리의 훌륭한 이야기와 아무런 상관이 없다는 이유에서다. 그러나 작가는 '무모한 호기심이 빚은 이야기' 같은 액자소설이 바로 쓴 명약을 삼키기 위한 달콤한 이야기 역할을 한다고 변호한다.

『돈키호테』2편 44장에서 아랍인 역사가 시데 아메테 베넹헬리는『돈키호테』1편에 돈키호테의 모험과 동떨어진 액자소설을 삽입한 까닭을 다시 한번 설명하고 있다. 그는 그 까닭을 돈키호테와 산초의 모험 이야기에만 국한하여 기술하면 소설을 읽는 재미가 부족하게 되어 독자들이 따분해할 것을 두려워하였기 때문이라고 말한다.

"돈키호테 이야기처럼 아주 무미건조하고 한정된 소재를 다루고 있는 것에 대해 아랍인 작가 스스로가 불만을 토로한 것이었다. 그의 생각으로는 좀 더 심각하고 재미있는 일화나 여담들을 과감하게 펼치지 못하고 항상 돈키호테와 산초에 관해서만 이야기를 하는 것처럼 보였기 때문이었다. 그런 까닭으로 오직 하나의 주제에 대하여 몇 명 안되는 인물들이 말하는 것을 기술하는 일에 온 정신을 몰입하여 손에 펜을 잡는 일은 참을 수 없는 작업이라고 말하고 있다. 게다가 그러한 작업의 결과도 원작자가 생각하는 것이 되지 못했다. 따라서 이러한 불편함을 피하기 위해 작가는 1편에서 이야기와는 상관없는 〈무모한 호기심이 빚은 이야기〉나 〈포로 대위 이야기〉 같은 짧은 이야기를 삽입하는 기교를 썼던 것이다. 물론 그 외에 다른 이야기들은 바로 돈키호테 자신에게 일어난 사건들이라서 쓰지 않을 수가 없었지만 말이다. 또한, 작가는 그 자신이 이렇게 말하고 있는데, 돈키호테의 무훈들에 관심을 두는 많은 사람들은 삽입소설에는 관심을 주지 않거나, 그런 소설에 포함된 우아함이나 기교를 알아차리지 못하고 그냥 지나치거나 혹은 짜증을 내면서 넘어가 버린다고 생각하였다. 돈키호테의 광기나 산초의 우둔한 짓들에 의존하지 않고 그 자체만으로 출간이 되었더라면 그러한 기교가 숨김없이 잘 드러났을 것이다. 그래서 이번 2편에서는 독립된 이야기나 곁가지 이야기들을 삽입하지 않고 진실을 제공하는 사건들에서 생겨난 것으로 보이는 일화들만을 넣으려 한다."(44장, 524-525쪽)

2편에서는 이런 일화들을 완전히 없애 버린 것이 아니라 대개 중심 이야기와 연관시켜 쓰고 있다. 제일 먼저 카마초의 결혼(19-21장), 그리고 산초의 이웃이던 모리스코인 리코테(54장), 그리고 그의 딸 아나 펠릭스와 가스파르 그레고리오와의 사랑 이야기(63, 65장)가 있다. 또한, 배신한 애인을 찾아가 총으로 죽인 클라우디아 헤로니모의 이야기(60장)와 도냐 로드리게스 이야기도 중심 이야기와 얽혀 있다.(48장, 52장, 56장)

이처럼 『돈키호테』 2편에서는 1편처럼 중심 이야기와 완전히 동떨어진 〈무모한 호기심이 빚은 이야기〉 같은 삽입소설은 찾아볼 수 없다. 저자가 1편과 달리 돈키호테의 모험 이야기들 중간에 액자소설을 끼워 넣는 것을 매우 절제한 것이다.

『돈키호테』 1편 47장에서 문학 작품에서 요구되는 가장 중요한 목적은 교훈과 즐거움을 동시에 주는 것이라고 말한 것과 일맥상통한다. 이런 점에서 열네 편의 액자소설은 독자에게 책 읽기의 즐거움을 제공하는 동시에 명약과 같은 유익한 교훈들을 삼킬 수 있도록 한 것이라고 볼 수 있다. 여기에서는 흥미로운 액자소설 여섯 편을 중심으로 살펴보기로 한다.

돈키호테 1편 삽입소설

돈키호테 1편	주제	주요 내용	기타
12-14장	• 그리소스토모와 마르셀라의 사랑	• 그리소스토모의 자살 • 여성의 자유의지	페미니즘
24장, 27-28장, 36장	• 카르데니오와 루신다의 사랑	• 재물에 이끌린 결혼 • 결혼 약속 • 우정의 배반 • 부모에 대한 무조건 복종	팔로메케 주막에서 해피 엔딩 (36장)
24장, 27-28장, 36장	• 돈 페르난도와 도로테아의 사랑	• 결혼 약속: 농부와 귀족의 사랑 • 도로테아, 순결을 잃음 • 남장을 한 도로테아	팔로메케 주막에서 해피 엔딩 (36장)
33-35장	• 무모한 호기심이 빚은 일	• 무모한 사랑의 시험 • 우정의 배신 • 호기심으로 불행을 자초	여성의 불완전성
39-41장	• 포로 대위 비에드마와 무어 여인 소라이다의 사랑	• 아랍 여인의 가톨릭 개종 • 아버지에 대한 딸의 불복종 • 포로 대위의 탈출	세르반테스의 알제리 포로 생활
42-43장	• 도냐 클라라와 돈 루이스의 사랑	• 결혼 약속 • 아버지에 대한 딸의 불복종 • 여인의 변장	사랑의 자유의지
50-51장	• 레안드라와 에우헤니오의 사랑	• 남성의 외모에 속음 • 아버지에 대한 딸의 불복종 • 여성은 불완전한 존재	여성의 불완전성

돈키호테 2편 삽입소설

돈키호테 2편	주제	주요 내용	기타
19-21장	• 바실리오와 키테리아의 사랑 (카마초의 결혼)	• 자살 위장 • 재물에 눈먼 결혼 • 여성의 자유의지	가난한 바실리오의 사랑 승리
25-27장	• 두 명의 읍장	• 두 마을 간의 반목과 다툼 • 스페인 전통과 풍속주의를 보여 줌	당나귀 울음 소리, 풍속주의
48장, 52장, 56장, 66장	• 도냐 로드리게스	• 결혼 약속 • 순결 상실 • 돈키호테와 토실로스의 결투	공작 부처의 장난질
49장	• 돈 디에고의 딸	• 남장 여자 • 여성의 자유의지 • 여성의 복종과 정숙한 여인	바라타리아섬
54장, 63장	• 모리스코인 리코테	• 1609년 모리스코인의 추방을 비난 • 스페인 국왕 정책에 반기를 표명 • 산초 판사의 이웃	양심의 자유 부각
60장	• 클라우디아 헤로니모	• 결혼 약속 • 배신에 대한 복수 • 남장을 한 여인	과격한 페미니즘
63장, 65장	• 아나 펠릭스 (모리스코인 리코테의 딸)	• 모리스코인 추방을 비난 • 남장을 한 여인 • 결혼 약속	해피 엔딩

1. 그리소스토모와 마르셀라의 이야기

돈키호테의 평등사상은 남녀의 사랑에 있어서 매우 근대적인 자세를 보인다. 우선, 첫 번째 삽입소설 〈그리소스토모와 마르셀라의 이야기〉는 여성이 남성의 단순한 소유물이 아니라는 것을 보여 준다. 과거 여성이 남성의 소유물로 여겨지던 시대적 분위기에서는 여성이 자신의 의사를 표현하거나 남성에게 자신의 거부감을 피력하는 것이 허락되지 않았다. 그러나 세르반테스는 과감하게 여성의 입장을 매우 강하게 표출하면서 여성의 지위를 부각시키고 있다. 즉, 『돈키호테』 1편의 첫 번째 삽입소설인 〈그리소스토모와 마르셀라의 이야기〉는 여성의 자유의지를 옹호하고 있다.

살라망카 대학에서 공부한 부잣집 아들 그리소스토모는 자신의 사랑을 받아 주지 않는 마르셀라의 냉정함에 절망하여 결국 자살하고 만다. 주변의 모든 사람은 마르셀라를 비난하며 그녀가 그리소스토모를 죽게 했다고 말한다. 그러나 마르셀라는 그리소스토모의 죽음에 애도를 표하면서도 자신의 책임은 아니라고 항변한다. 마르셀라는 남녀 간의 사랑은 자유로운 의

사에 의해 이루어져야 하며, 남성의 일방적인 사랑만으로 이루어질 수 없다고 말한다. 남성이 여성을 사랑하기만 하면 여성은 무조건 남성의 사랑을 받아들여야 한다는 당시의 시대관을 부정하면서 여성도 남성의 사랑을 거부할 수 있어야 한다고 말하는 것이다. 이는 유럽 최초의 페미니즘 문학의 예라고 할 수 있다.

"왜 아름다움으로 인해 사랑받는 여인이 그저 재미로, 그리고 강압적으로 달려드는 남자의 의도에 의해 정절을 잃어야만 하는 겁니까? 저는 자유롭게 태어났고 또 자유롭게 살아가기 위해 초원에서 고독을 선택한 겁니다."(14장, 190쪽)

"제가 나무를 벗 삼아 순결을 지키고 있는데, 왜 남자들을 상대로 그 순결을 잃으라는 것입니까? … 저는 자유로우며 구속당하고 싶지 않습니다. 어느 누구를 사랑하지도 싫어하지도 않아요." (14장, 192쪽)

마르셀라는 자신이 배우자를 선택할 수 있는 자유를 부여받았기에 남성의 구애를 수동적으로 무조건 받아들이는 것을 거부할 수 있다고 항변하며 현대 여성상을 구현한다.

"마음에 드는 사람을 선택하여 결혼하라고 했지만, 마르셀라는 나이도 너무 어리고 결혼이라는 무게를 감당할 자신이 없다며 그저 아직은 결혼하고 싶지 않다고만 대답할 뿐이었습니다. … 부모라 해도 자식의 의지를 꺾어서까지 억지로 결혼을 시켜서는 안 된다는 거였습니다."(12장, 164쪽)

"여러분은 왜 제게 저를 사랑하는 모든 사람에게 마음을 줄 것을 강요하고 모든 사람을 사랑하라고 하십니까? 그런 것이 아니라면 어디 한번 말씀해 보세요."(14장, 189-190쪽)

작가 세르반테스는 『돈키호테』 1편 첫 번째 삽입소설에서 마르셀라의 입을 빌려서 여성의 자유의지에 대한 자신의 의견을 강력하게 피력한다. 이 부분에서 독자는 남성주의에 대항하여 여성의 지위를 찾고, 여성 자신의 행복한 결혼을 추구해야 한다는 계몽주의의 모습까지도 엿볼 수 있다.

2. 도로테아와 루신다의 자유의지

『돈키호테』 1편의 중심을 이루는 도로테아와 돈 페르난도의 사랑, 그리고 루신다와 카르데니오 사랑의 결말은 상당히 교훈적일 뿐만 아니라 작가 세르반테스의 페미니즘 사상을 표출한다. 공작의 자제인 돈 페르난도는 자신의 영지에 속한 소작인의 딸 도로테아에게 결혼을 약속한 뒤 여인의 정절을 빼앗는다. 그 후 루신다의 약혼남 카르데니오를 속여서 그를 멀리 쫓아 버린 후, 루신다의 부모를 돈으로 회유하여 그녀를 빼앗는다. 그러자 카르데니오는 실의에 빠져 시에라 모레나 산중으로 들어간다.

귀족의 아들 돈 페르난도의 농락으로 농부의 딸 도로테아는 희생자가 되었고, 부유한 시골 귀족의 딸 루신다도 사랑의 희생양이 될 위기에 처하였다. 자신에게 결혼을 약속한 공작의 아들 돈 페르난도에게 몸을 허락한 도로테아는 그에게 자신과의 결혼 약속을 지키라고 이성적으로 호소한다.

"당신은 기사이고 또 그리스도교인이신데 처음에 제게 해 주신 것처럼 끝까지 행복하게 해 줄 것을 왜 그리 주저하시나요? 저는 당신의 진실하고 합법적인 아내이니 저를 사랑해 주세요. 당신의 노예로라도 삼아 주세요. 제가 당신의 손에 달려 있다면 그것만으로도 행복하다고 여기겠어요."(36장, 546쪽)

농부의 딸 도로테아는 자신에게 결혼을 약속하여서 자신의 몸을 바쳤던 돈 페르난도에게 눈물로 호소하며 사랑을 당당하게 요구한다. 마침내 돈 페르난도는 도로테아를 자신의 정식 아내로 받아들이면서 이렇게 말한다.

"나의 아내여, 일어나시오, 내 영혼 속에 자리 잡은 여인이 내 발 아래 무릎 꿇는다는 것은 당치도 않소. … 나를 사랑하는 당신의 성실함을 깨달아 당신이 받아 마땅한 존중을 그대에게 바치도록 가르치기 위함이었을 것이오. … 나도 하느님께 나의 도로테아와 여생을 같이할 수 있도록 기도드리겠소."(36장, 550-551쪽)

여기에서 작가 세르반테스는 남녀 사랑에 있어서 자유의지를 강조하고 있다. 남녀 간의 이상적인 사랑은 돈과 지위를 넘어서 자유의지에 따라 순수하게 서로를 사랑하는 것이다.

세르반테스가 『돈키호테』에서 보여 주는 페미니즘은 다분히 여성에 대한 계몽주의를 강조하고 있다. 세르반테스의 근대적인 사상과 계몽주의적인 자세가 여실히 드러나는바, 사실 유럽에서의 계몽주의 사상은 18세기 프랑스에서 발아하여 19세기에 꽃피우지만 세르반테스는 이미 『돈키호테』를 통해 계몽주의적 페미니즘이라는[1] 근대적 사상을 보여 주고 있는 것이 흥미롭다 하겠다.

당시 스페인은 남성 중심의 가부장제 사회였던 고로, 여성의 결혼은 전적으로 아버지의 의사에 달려 있었고, 결혼 후에는 남편에게 예속되어 재산의 일부로 간주되었다. 이런 시대에 세르반테스가 보여 주는 여성의 자유의지는 가히 혁명적인 것이었다.

카르데니오에 대한 자신의 사랑을 포기하지 않은 루신다는 매우 이성적으로 돈 페르난도를 설득한다. 분명 정당하게 자신

---

1 박철, 「돈키호테에 나타난 계몽주의적 페미니즘」, 『서어서문연구』 제11호, 한국서어서문학회, 1997.

의 사랑을 스스로 선택하는 자유의지를 보여 주는 여성의 모습이다. 이런 점에서 세르반테스를 서구 문학 최초의 페미니스트 작가라고 평가할 수 있다.

"놔주세요, 돈 페르난도 님. … 당신의 강요도 협박도 약속도 선물도 제가 가까이 가려는 그분에게서 떨어뜨릴 수는 없어요. 하늘이 우리에게 길을 감추어 무용지물이 되도록 하셨다가 이렇게 진정한 남편을 제 앞에 두셨다는 것을 기억하세요. 당신도 이루셀 수 없는 값비싼 경험으로 제 기억에서 그를 지워 버리는 길은 오로지 죽음밖에 없다는 걸 알았을 겁니다. 저는 훌륭한 제 남편 앞에서 생을 마치는 것으로 족합니다."(36장, 545쪽)

이런 상황에서 마을의 신부가 해결사로 나서서 진실한 사랑의 법도에 대해 일갈한다.

"오직 죽음만이 루신다와 카르데니오를 갈라놓을 수 있다는 것을 알아야 하며, 누군가 칼로 그들을 두 쪽 낸다고 하더라도 그들은 죽음을 크나큰 행복으로 여길 것이라 말했다. … 그리고 도로테아의 아름다움에 눈을 돌려 그 누구도 그녀와 견줄 수 없음을 알아야 한다고 덧붙였다. … 돈 페르난도도 자신이 기사이며 기독교인이라는 것을 소중히 여긴다면, 자신이 내뱉은 말을 지키는 것이 도리이며, 약속을 이행하는 것은 하느님에 대한 의무를 다하는 것이 되고, 아름다움이 특권이라 생각하는 분별력 있는 사람들을 만족시키는 것이라고 강조했다. 비록 도로테아가 비천한 신분이지만 정절을 갖춘다면 그 어떤 높은 위치에라도 오를 수 있으며 돈 페르난도 자신과 같은 신분으로 그녀를 끌어올리는 것은 그의 명예를 실추시키는 것이 아니라고도 했다."(36장, 549-550쪽)

페르난도와 도로테아의 사랑과 루신다와 카르데니오의 사랑 역시 진정한 여성의 자유의지의 승리로 귀결되었다. 이제 돈키호테에 등장하는 여성들은 남성에게 무조건 복종하고 숙명적으로 따르며, 남성의 하명을 기다리는 수동적인 여성이 아니다. 남성으로부터 농락당하고 버림받아도 이것을 운명으로 받아들이던 그 시대의 여성상이 아니다. 세르반테스는 자신의 이상적 세계에서 남녀가 동등하게 처우받는 '멋진 공화국'을 그리고 있다. 그러기에 도로테아는 약속을 어긴 돈 페르난도에게 약속을 지켜 줄 것을 요구하며 귀족으로서 명예를 위하여 올바르게 행동하기를 부탁한다. 그녀는 돈 페르난도에게 자신의 의사를 이성적으로 전달하고, 사리에 맞게 그의 잘못을 지적하여 잘못을 깨닫게 할 만큼 진취적이고 현대적인 여성이다. 17세기 당시로서는 상상할 수 없는 모습이 『돈키호테』에서 나타나고 있다.

이와 관련해 하버드 대학교의 프란시스코 마르케스 교수는 "세르반테스야말로 여인을 남자의 소유물로 여기던 당시 풍속에 비하면 여인들의 자유의지를 높이 평가한 페미니스트"라고 말한 바 있다.[2] 작가의 이런 사상은 『돈키호테』에서뿐만 아니라 그의 12편의 중편소설 모음집 『모범소설』에서도 나타나는데, 여기에서도 남녀평등과 자유의지의 승리가 멋지게 묘사되어 있다.

---

[2] 프란시스코 마르케스 비야누에바, 「새롭게 조명하는 세르반테스의 삶」, 『중남미연구』 제23권 2호, 한국외국어대 중남미연구소, 2005, 261-268쪽 참조.

3. 무모한 호기심이 빚은 이야기

앞에서 소개된 액자소설은 돈키호테와 산초 판사가 함께 연루되어 전개되는 이야기이기에 작품과 연관성을 지닌다. 그러나 작가가 『돈키호테』 2편 44장에서 설명하는 바에 따르면 이탈리아 피렌체를 배경으로 하는 이번 액자소설은 온전히 독자들을 즐겁게 해 주기 위해 삽입된 것이다.

이탈리아 피렌체에 안셀모와 로타리오라는 명문가 출신의 절친인 두 기사가 살고 있었다. 안셀모는 아름다운 처녀 카밀라를 부인으로 받아들인다. 하지만 어느 날 안셀모의 마음에 무모한 호기심이 발동한다. 그는 자신의 부인이 진정으로 정숙한 여인인지 확인해 보기 위해 절친 로타리오에게 그녀를 유혹해 보라고 간청한다.

"나를 괴롭히는 소망은 내 아내 카밀라가 내가 생각하는 만큼 착하고 완벽한 여인인지 알고 싶다는 거라네. 불꽃으로 금의 순도를 증명하듯이 아내의 정숙함을 확인할 만한 시험을 해 보지 않고서는 마음을 잡을 수가 없어. … 나는 카밀라한테 욕망을 품은

누군가로부터 구애받는 불의 시험을 통해 그녀의 정숙함을 입증

하고 평가해 보려 하네."(33장, 481쪽)

어리석은 친구의 무모한 제안을 거듭해서 거절하던 로타리

오는 우정에 금이 갈 것을 우려하여 어쩔 수 없이 안셀모의 부

인 카밀라를 유혹하는 척만 한다. 하지만 로타리오와 카밀라

둘만 남겨 놓고 방에 숨어서 열쇠 구멍을 통해 두 사람의 거동

을 보고 듣던 안셀모는 30분이 넘도록 로타리오가 카밀라에게

아무 말도 하지 않는 것을 보고 그곳에 100년 동안 있다 하더라

도 그가 그녀에게 말을 걸지 않으리라는 걸 알게 되었다. 이윽

고 안셀모는 여드레 동안 집을 떠나 도시에서 멀지 않은 어느

마을의 친구 집에 가 있기로 한다. 그러고는 카밀라에게 자신

이 집을 비운 사이에 로타리오가 집을 돌봐 줄 것이며, 그녀와

함께 식사도 할 것이니 자신에게 하듯 로타리오를 잘 대해 주

라고 말하고 마을을 떠난다.

안셀모가 집을 비우고 사흘째 되던 날 로타리오는 마침내 그

녀에게 마음의 끌림을 느낀다. 그동안 자신의 욕망을 억누르기

위해 끊임없이 갈등했으나 더 이상 참지 못하고 엄청난 마음의

동요 속에서 깊은 사랑을 담은 말로써 카밀라를 유혹하기 시작한다. 로타리오는 모든 감정을 쏟아 내며 울고, 간청하고, 아첨하면서 자신의 진심을 호소한 끝에 카밀라의 정숙함을 무너뜨리고 말았다.

이로써 안셀모가 그토록 믿었던 정숙한 부인 카밀라의 정조가 어쩔 수 없이 무너지게 되었지만 로타리오와 카밀라 두 사람은 안셀모 앞에서는 정반대로 행동하며 그를 속인다. 그러다가 우여곡절 끝에 카밀라는 집을 빠져나와 로타리오와 도주한다. 뒤늦게 이 사실을 알게 된 안셀모는 자신의 아내에게 실망하여 유서를 남기고서 스스로 목숨을 끊는다.

"어리석고 무모한 욕망이 내 삶을 앗아 가는구나. 내가 죽었다는 소식이 카밀라의 귀에 들어간다면 내가 그녀를 용서한다고 전해 주길. 그녀는 기적을 만들어야 할 의무도 없고, 나 또한 그녀가 그렇게 하기를 바랄 필요가 없었다. 결국 나 스스로 불명예를 자초했으니, 무엇 때문에 그리했는지…."(35장, 538쪽)

안셀모는 여기까지 쓴 다음 미처 말을 끝맺지 못하고 목숨을 끊는다. 이 소식을 들은 로타리오는 죄책감에 나폴리 공국의 전쟁터에 자원입대한 후 전사한다. 이 사실을 알게 된 카밀라 역시 수녀원으로 들어가서 속죄의 인생을 살다가 슬픔과 우울의 가혹한 손에 짧은 생애를 마감한다. 이것이 바로 그토록 무모한 호기심이 초래한 불행한 결말이었다. 여기서 작가는 아름답고 정숙한 여인과 결혼한 남성이 어떻게 소중한 보물을 잘 보호하고 지켜야 하는지 이야기하고 있다.

"여인은 유리로 만들어졌으니

깨지는지 아닌지

시험하면 안 되느니라.

왜냐면 자칫 깨질 수 있으니까.

깨지기는 쉽고

다시 붙일 수는 없으니

깨질 위험이 있는 곳에 여인을 두는 것은

사려 깊지 못한 일이네."(33장, 488-489쪽)

4. 포로 대위의 사랑 이야기

세르반테스는 자신이 알제리에서 5년간 포로 생활을 했던 경험을 상기시키려는 의도에서 포로 대위와 무어 여인 소라이다의 사랑 이야기를 픽션화하여 소개한다. 세르반테스 생애에서 레판토 해전 참전은 자랑스러운 경험이었다. 귀국길에 해적들에게 붙잡혀 알제리에서 5년간 포로 생활을 한 것 역시 작가의 삶과 문학 작품에 큰 영향을 주었기에 소설 『돈키호테』 여기저기에 소개하고 있다.

이야기는 돈키호테, 산초 판사, 돈 페르난도, 도로테아, 루신다, 카르데니오, 신부와 이발사 등 모두가 함께 재회하고 있던 팔로메케 주막에 그리스도교 포로 대위와 무어 여인 소라이다가 도착하는 것으로 시작된다. 알제리에서 포로로 생활하다가 탈출하여 스페인 땅에 도착한 비에드마 대위는 자신이 겪은 일들과 살아온 이야기를 들려준다.(39–41장)

대위의 아버지는 스페인 레온 지방의 부자였는데 자신의 재산을 4등분하여 세 명의 아들에게 골고루 나누어 주면서 이렇게 말한다. "스페인에서 권력과 부를 얻고자 하려거든 성직자가 되거나, 해상 무역을 하거나, 왕궁에 들어가서 국왕을 섬겨라.” 이처럼 스페인 속담에는 “교회, 바다, 왕실” 셋 중 하나를 선택하라는 얘기가 있었다.

이에 장남이었던 페레스 데 비에드마는 군인이 되어 하느님과 국왕께 봉사하는 길을 선택하였다. 그는 이탈리아에 도착, 보병 대위가 되어 레판토 해전에 참전하였다. 그러나 불행하게도 대위는 해적 우찰리에게 붙들려서 포로가 된다. 그곳에서 해적들이 그리스도교 교도들에게 저지르는 전대미문의 잔혹함을 보고 들어야 했다. 해적들은 거의 매일 이 사람 저 사람의 목을 매고 찔러 죽이고 귀를 자르기도 했는데, 그는 이것을 ‘전 인류의 살인자’라고 불리는 터키인들의 타고난 성질 탓이라고 여겼다. 포로 중에는 스페인 병사 사아베드라 아무개라는 자만이 터키인의 학대를 운 좋게 피해 갔다.(여기서 저자는 ‘미겔 데 세르반테스 사아베드라’, 즉 세르반테스가 포로 가운데 한 사람이었다는 것을 암시하고 있다)

그런데 비에드마 대위가 있던 감옥 마당 위쪽에 지체 높은 무어인의 저택이 있었다. 어느 날 그 집 창문에서 꾸러미 하나가 밧줄에 매달려 내려왔다. 꾸러미 안에는 스페인 금화와 아랍어로 쓴 종이쪽지가 들어 있었는데 글의 말미에 커다란 십자가가 그려져 있었다. 이 편지를 쓴 주인공이 바로 무어인 부자 아히모라토의 무남독녀인 녤라 소라이다. 어려서부터 성모마리아를 공경하여 그리스도교도가 되었던 소라이다는 포로 대위에게 자신을 데리고 이곳을 탈출해 준다면 기독교 나라에 가서 그의 아내가 되겠다고 약속한다. 소라이다가 창문에서 밧줄로 내려 주는 엄청난 금화를 갖게 된 포로 비에드마 대위는 탈출을 위해 배를 구입하고 노를 저어 줄 사람들을 준비하였다. 마침내 스페인으로 탈출하는 데 성공한 두 사람은 당나귀를 사서 레온 지방에 사는 아버지를 만나러 가는 길에 이곳 주막집에 잠시 머물게 된 것이었다. 비에드마 대위는 하늘이 자신에게 소라이다를 동반자로 선택하여 주셨으니, 그 어떤 일이 있더라도 그녀만을 사랑할 것이라고 맹세한다. 이 액자소설은 세르반테스 자신이 겪은 알제리에서의 포로 생활을 픽션화하여 소개한 것이다.

5. 카마초의 결혼

카마초의 결혼은 17세기 스페인 농촌 지방에서 벌어진 남녀 간의 순박한 사랑 이야기라고 할 수 있다. 여기서는 당시 라만차 지방 같은 스페인 농촌의 결혼 관습과 사랑의 풍속도 살펴볼 수 있다.

> "신랑은 이 지방에서 가장 부자이고 신부는 지금껏 본 중 가장 아름다운 여인이지요. 결혼식 무대도 아주 새롭고 대단합니다. 왜냐하면 신부의 마을 옆 초원에서 거행할 것이기 때문입니다. 뛰어난 미모를 지닌 신부는 키테리아라고 불리며 부유한 신랑의 이름은 카마초라고 합니다. 신부는 열여덟 살이고 신랑은 스물두 살입니다."(19장, 241쪽)

키테리아는 아버지의 탐욕으로 인해 자신이 사랑하는 바실리오를 신랑으로 맞지 못하고 돈 많은 카마초에게 시집을 가게 된다. 그러나 사랑을 포기하지 못한 바실리오가 결혼식장에 나타나서 칼로 목숨을 끊는 비극이 발생한다. 숨을 거두기 전에 바실리오는 신부님에게 키테리아가 잠시라도 자신의 아내가 되게 해 주기를 간청한다. 금방이라도 죽을 운명에 처한 불쌍한 바실리오에게 동정심이 발동된 신부님과 신랑 카마초까지도 그의 소원을 잠시 들어 줄 것을 허락한다. 그리하여 바실리오와 키테리아가 손을 꼭 잡고 있을 때 마을 신부님은 그들이 부부임을 인정해 주고, 바실리오의 영혼에 평안한 휴식을 주기를 하늘에 청한다. 그런데 마을 신부의 말이 끝나자마자 바실리오는 아주 날렵하게 몸을 일으켜서 자신의 몸에서 칼을 빼낸다.

이런 사태에 넋이 나간 신부님은 두 손으로 바실리오의 상처를 살펴보고서 칼이 바실리오의 살과 갈비뼈를 관통한 것이 아니라 쇠로 만든 관을 통과한 것을 발견한다. 그는 관에다가 잘 준비한 피를 채워 놓았던 것이다. 바실리오의 자살은 위장이고 이것은 꾀로써 자신의 사랑을 되찾기 위한 노력이라고 하겠다. 세르반테스는 돈키호테의 입을 빌려서 키테리아와 바실리오의 자유의지의 사랑의 승리를 지지하면서 돈으로 사랑을 빼앗으려는 카마초에게 좌절을 안겨 준다.

또한, 세르반테스는 돈키호테를 통해 부모의 재산과 돈으로 사랑을 빼앗으려 했던 카마초에게 이렇게 말한다.

"사랑과 전쟁은 똑같은 것이요. 전쟁에서 적을 이기기 위해 계략과 전략을 사용하는 것이 익숙하고 정당한 일인 것처럼, 사랑에서도 불명예나 명예훼손이 아니라면 사랑싸움이나 경쟁에서 원하는 목표를 얻기 위하여 쓰는 속임수나 계략은 좋은 일로 간주 되오. 하늘이 준 정당하고 호의적인 결정으로 키테리아는 바실리오의 것이며, 바실리오는 키테리아의 것이오. 카마초는 부자이고 언제 어디서든 본인이 원하면 자신의 즐거움을 살 수 있을 것이나 바실리오는 이 양 한 마리뿐이기에, 아무리 힘이 있는 자일지라도 그에게서 그 양을 빼앗아 갈 수 없는 거요. 하느님이 합쳐 준 두 사람을 인간이 갈라놓을 수는 없소이다."(21장, 276-277쪽)

키테리아는 아버지의 뜻대로 돈 많은 카마초에게 결혼을 허락했지만, 결국 사랑하는 바실리오의 출현과 위장 자살 앞에서 자신의 자유의지를 되찾았다. 그녀는 부모가 시키는 대로 수동적으로 그 뜻을 따르는 부모의 소유물이 아니라, 자신의 행복을 위해서 자기 자신의 의지로 상대를 선택하는 모습을 보여준다.

돈키호테는 진정으로 사랑하는 사람들끼리 결혼하는 것이야말로 최고의 선이며 행복이고, 사랑의 최대 적은 배고픔과 가난임을 경고하였다.

"명예로운 가난뱅이가 (만약 가난한 자가 명예로울 수가 있다면) 아름다운 여인을 가지는 것은 보물을 갖는 것이며, 그에게서 여인을 빼앗는다면 그의 명예를 빼앗고 그를 죽이는 것이 되지. 아름답고 정숙한 여인이 가난한 남편을 선택한다면 정복과 승리의 월계관과 야자수로 만든 관을 머리에 쓸 가치가 있지. 아름다움 그 자체만으로 여인을 바라보고, 그녀를 아는 모든 사람들의 마음을 사로잡으며, 궁정의 독수리들과 하늘 높이 나는 새들은[3] 맛있는 미끼라도 되듯 그녀를 쓰러뜨릴 것이오. 그러나 이러한 아름다운 여인에게 궁핍함과 가난까지 합쳐지면, 까마귀들과 솔개, 잡

---

3 궁정의 독수리와 높이 나는 새는 궁정의 귀족들과 상류 계층을 빗대어 표현한 것이다.

동사니 맹금류들까지 덤벼들지. 그토록 많은 공격에도 흔들리지 않는 여인은 남편의 왕관이라고 불려 마땅하오."(22장, 280쪽)

돈키호테는 카마초의 결혼 이야기에서 행복한 결혼과 훌륭한 여인상에 대한 자신의 의견을 바실리오에게 다음과 같이 말한다.

"어떤 현자가 말했는지 모르겠지만, 이 세상에 훌륭한 여자는 단한 명밖에 없다고 말했네. 그리고 현자는 충고하기를 남편은 그유일한 여자가 바로 자기 아내라고 생각하고 믿어야 한다. 그러면 행복하게 살 거라고 했다네. 나는 미혼이고 아직 결혼에 대하여 생각해 본 적도 없구려. 그럼에도 자네에게 충고를 한마디 하자면 결혼은 반드시 원하는 사람과 해야만 하는 것이라고 말하는바이네. 무엇보다도 우선 상대방의 재산보다 훌륭한 평판을 중요시하기를 충고하네. 왜냐하면 훌륭한 여인이란 훌륭하다는 것만으로 좋은 평판을 얻는 것이 아니라 남에게 그렇게 비춰져야만하는 것이기 때문이지. 몰래 행하는 악행보다도 여러 사람 앞에서 저지르는 방종과 자유분방한 행동이 여인들의 평판을 더 많이

훼손하는 거야. 만약 자네가 훌륭한 여인을 집으로 모셔 온다면 여인을 잘 지키고 심지어는 그러한 착한 성품을 더 좋아지게 할 수도 있지만, 만약 반대로 나쁜 여인을 데려온다면, 그 여인의 품행을 바꾸는 데에 크게 힘이 들 것이네. 이쪽 끝에서 저쪽 끝으로 품행을 바꾼다는 것이 그리 쉬운 일이 아니야. 내 말은 그것이 불가능한 것은 아니지만, 힘이 든다는 것이지."(22장, 280-282쪽)

6. 클라우디아의 복수

돈키호테에서도 여성주의는 발전하고 있다. 마르셀라의 자유의지와 자신의 명예를 지키는 분별 있는 모습에서부터, 도로테아의 자유의지 정신과 사려 깊은 행동으로 돈 페르난도를 설득하는 모습까지. 또한, 돈키호테 2편의 첫 번째 삽입소설 카마초의 결혼에서 키테리아도 처음에는 부모에게 복종하는 모습이었으나, 바실리오의 용기 앞에서 자유의사에 따라 자신의 사랑을 선택하는 여성으로 변모한다.

그런데 돈키호테 2편 60장에서 자신을 배신한 남성을 징벌하는 여인 클라우디아의 이야기는 소름 끼칠 만큼 과격한 여성주의를 보여 준다. 클라우디아는 남성에게 속아서 버림을 받자, 이에 대한 보복으로 남성을 찾아가서 권총으로 죽인다. 여성을 배신한 남성에 대한 복수는 그 당시 사회에서는 상상을 초월하는 것이었다. 돈키호테 작품 속에서 점차 여성주의가 발전해 나가면서 극단적인 페미니즘으로까지 발전하고 있는 것을 보여 주는 것이다. 특히 클라우디아는 남장 여인의 차림을 하고 있어 눈길을 끈다.

"말 위에는 스무 살 남짓 되어 보이는, 금은으로 수놓은 초록색 비단옷에 황금 장식을 달고, 통 넓은 반바지, 머리로 뒤집어 쓰는 외투와 깃털을 꽂은 자그마한 모자 그리고 초칠을 한 꼭 맞는 장화와 박차, 황금빛 단검을 갖추고 손에는 작은 엽총을 들고 허리춤에는 작은 권총 두 자루를 찬 청년이 있었다."(60장, 729쪽)

이런 점에서 클라우디아는 앞서 언급한 마르셀라나 도로테아처럼 순수하고 분별력 있게 사랑을 호소하는 여성이 아니다. 증오심으로 남장을 하고 복수하는 새로운 여성상을 보여 주고 있다. 자신을 배반하고 다른 여인과 결혼하려는 배신에 분개한 클라우디아는 돈 비센테를 찾아가서 그에게 변명할 틈도 주지 않고 지니고 간 권총으로 그를 쏘아 죽인다. 이러한 여성주의는 모두를 깜짝 놀라게 만든다. 당시 사회에서는 상상하기 어려운 행동으로, 매우 진취적인 여성주의라 할 수 있다. 그러나 그의 결혼 소식은 사실이 아니었고 오해가 빚은 비극적 결말이 되었다.

돈키호테 1편 27-28장에서 귀족의 아들 돈 페르난도에게 농락을 당한 두 여인 루신다와 도로테아가 자신들의 처지를 체념하고 시에라 모레나 산속으로 들어가서 홀로 한탄하는 모습과 권총으로 복수를 하는 클라우디아의 행동은 매우 대조적이다. 세르반테스의 가슴과 머릿속에는 이미 근대적 여성주의가 생성되었고 이를 행동으로 보여 주고 있다.

6장
『돈키호테』의 수용과정에서
비롯된 몰이해

1. 『둔기호전기 頓基浩傳奇』

『돈키호테』가 한국 땅에 소개된 것은 1915년 무렵이다. 육당 최남선이 일본에 유학을 갔다가 생활에 적응하지 못하고 일찍 귀국하는 길에 서구 문학 작품들을 들고 왔다. 그중에는 일본어판 『레미제라블』, 『실낙원』, 『로빈슨 크루소』, 『켄터베리 이야기』, 『돈키호테』가 포함되어 있었다.[1] 이후 최남선은 1914년

---

1   김욱동, 『근대의 세 번역가: 서재필, 최남선, 김억』, 소명출판, 2010; 『번역과 한국의 근대』, 소명출판, 2010, 102–125쪽.

10월 자신이 창간한 문학지 『청춘』에서 서구 문학 작품들을 하나씩 소개하기 시작하였다.

그는 1915년 1월 호에 『돈키호테』 작품을 발췌역하여 15페이지 남짓 분량으로 소개하였다. 널리 알려진 '풍차의 모험', '양떼와의 모험' 등 『돈키호테』 1편과 2편에 나오는 재미있는 모험 이야기 열 개를 소개한 것이 전부이다.[2] 최남선은 『돈키호테』의 제목을 『둔기호전기』라고 하였는데, 그 의미를 풀어 보면 '아둔한 자의 우스꽝스러운 이야기'이다.

이렇게 최초로 작품을 우리나라에 소개한 최남선이 광기 어린 시골 기사의 황당하고 우스운 모험들을 설명 없이 소개하였으니, 이후 한국 독자들에게 『돈키호테』는 한마디로 정신 나간 편력기사의 황당무계하고 우스꽝스러운 모험으로 받아들여졌다. 이후 국내에서 수많은 『돈키호테』 중역본을 거쳐서, 2004년 『돈키호테』 1편 발간 400주년을 맞아 스페인어에서 직접 한국어로 번역된 완역본(박철 역, 『돈키호테』, 시공사, 2004)이 국내에서

---

2 박철, 「한국에서의 돈키호테 백년(Cien años del Quijote en Corea)」, 『스페인어문학』 제76호, 한국스페인어문학회, 2015, 105-119쪽.

처음으로 출간되었다.

번역의 관점에서 접근해 보면, 최남선은 주인공 돈키호테를 단순히 '옹'이라는 호칭으로 소개하였으며, 산초 판사는 천박한 사람이라는 의미에서 '범포'라고 호칭하였다. 풍차를 '거인'이라고 여기며 돌진한 돈키호테가 논바닥으로 나동그라졌다고 묘사하는 것을 보면 번역가 최남선이 나름대로 한국적으로 번안한 것을 볼 수 있다.

최남선이 번안하여 소개한 풍차의 모험의 기술에 관한 장면을 소개하겠다.[3]

옹: 에그 활개들을 쩍 벌리고 있는데 놈들 어떤 때는 활개 기장이
    여남은 발된다.

범포: 자세히 봅시오. 그건 독갑이가 아니라 풍차올시다. 활개같
    이 뵈는 것은 양편 날개가 바람을 받아서 바퀴를 돌리는 것
    이여오.

옹: 너는 모험 여행에는 아직 니도 안이낫다. 저건 분명 독갑이니

3 최남선, 「둔기호전기」, 『청춘』 4호, 1915, 109-123쪽.

무서웁거든 한편으로 치어서서 진언이나 외고 있거라. 나 혼
자 전군을 당할 터이니.

하면서 범포의 숨이 다토록 지르는 소리는 들은 체도 아니하고
박차를 적여 쏜살같이 달려가면서 벗적 대여들어 〈게 있거라 못
생긴 놈들아〉하고 대갈일성하니 마침 그때 풍차 날개가 바람에
채어서 퍼덕퍼덕 움직이기는 지라 아무리 백벽을 내두르더라도
놀래어 돌아설 내가 아니라고 창을 별러들고 전속력으로 냅더지
르니 창이 날개에 꽉 박히며 옹은 말탄채로 치어들어 빙빙돌다가
논구퉁이에 뚝 떨어지니 범포가 겨우 쫓아가사 "거 보시오 풍차
라고 안이합디까, 눈깔이 풍차같이 돌지아니하는 이상에야 누가
그것을 독갑이니 헷갑이니 하고 볼듯한가오."[4]

1915년 무렵 국내에는 서양 문학을 제대로 공부하고 이해하
는 인문학자가 별로 없었다는 점을 감안하면 작품에 대한 이
같은 편견이나 제한적인 시각은 어쩔 수 없는 한계라고도 볼

---

[4] 여기 한글 표기법은 원본을 중시하였으나 필요한 부분은 현대 어법으로 기술하
였다.

수 있다. 동시대에 육당 선생이 『청춘』에 소개한 『레미제라블』이나 『실낙원』 같은 고전들과는 달리, 패러디와 풍자, 상징적 의미를 지닌 『돈키호테』에 제대로 접근하는 것은 그 당시로서는 결코 쉽지 않았을 것이다.

한편 중국에서는 1922년 번역가 린슈가 최초로 『돈키호테』의 영어 번역본을 중국어로 번역하여 소개했다. 중역본 역시 작품 제목을 『미친 기사의 이야기』라고 붙였다. 그 내용은 『돈키호테』 1편을 중국어로 번역한 것이었다.[5] 일본에서는 1887년 슈지로 와타나베가 영어본을 텍스트로 삼아 부분적으로 발췌 번역했는데 최초 일역본에는 『돈키호테』의 1편 20장까지만 소개되었다. 일역본도 작품 제목을 『아둔하지만 익살스러운 늙은이의 기이한 행동 이야기』라고 붙였다.

한국, 일본, 중국의 경우를 보면 주인공 돈키호테를 모두 아둔한 사람, 혹은 미친 기사라고 칭하면서 돈키호테를 비정상적이고 황당한 캐릭터로 소개하였다. 이 같은 관점은 결국 번역

---

5 박철, 「돈키호테 수용과정에 나타난 몰이해성」, 『비교문학』 제69집, 한국비교문학회, 2016.

가가 작품의 의도와 본질을 제대로 읽어 내지 못한 몰이해성 때문이다.

다시 말해, 돈키호테의 수용 초기에 작품을 바라보는 시각이 그릇되게 설정되었고, 이로 인해 이후 수용과정에서도 왜곡된 시각이 확대 재생산될 수밖에 없었던 것이다. 이러한 몰이해성은 스페인 문학계에서도 발생해 20세기 초반까지 『돈키호테』의 진정한 문학성을 인정하지 못하는 분위기가 계속되고 있었다.

한국, 일본, 중국 등 아시아에서 『돈키호테』는 수용과정에서부터 그 진정한 의미가 왜곡되어 독자층 전반에 돈키호테라는 인물에 대한 편견이 생겨나게 되었다. 결과적으로 돈키호테는 단순히 미치광이나 우스꽝스러운 인물로 굳어졌다.

이런 잘못된 수용과정뿐만 아니라 국내에서는 2004년 『돈키호테』의 스페인어 원본 완역본(박철 역, 시공사)이 출간되기 전까지, 영어와 일본어 중역본으로 출간되었기에 『돈키호테』 원작에 대한 정확한 분석과 번역이 독자들에게 제대로 제시되지 못하며 몰이해의 원인 가운데 하나가 되었다.

2. 돈키호테에 대한 오해

『돈키호테』에는 659명의 인물이 등장하는데, 이들은 607명의 남자와 52명의 여자로 나뉘며 그중에서 150명의 남자와 50명의 여자는 실제로 대화하고 행동한다. 주요 인물은 돈키호테와 산초 판사이다. 양자는 서로 보완적이며, 인간의 두 가지 내면을 상징하고 있다. 우리 인간의 내면에는 돈키호테의 이상주의와 산초 판사의 현실주의 성향이 있기 때문이다.

돈키호테가 세상에 알려진 1605년부터 현재에 이르기까지 그의 날카로운 비판력과 심오한 휴머니즘은 사람들에게 때로는 웃음을, 때로는 눈물을 안겨 주었다. 이 세상에 세르반테스라는 작가의 이름은 몰라도 돈키호테와 산초 판사를 모르는 사람은 드물 것이다. 그 이유는 이 작품이 시간과 공간을 초월한 걸작이기 때문이다.

또한, 독자는 돈키호테와 산초 판사의 관계가 대립을 초월한 상호 보완 관계임을 알아야 한다. 산초 판사가 돈키호테 없이 존재할 수 없듯이, 돈키호테 역시 그의 종자 산초 판사가 없었다면 제대로 된 평가를 받지 못했을 것이다.

우리는 어릴 적 돈키호테를 읽으면서 풍차와 싸우는 기사의 모습을 재미있게 본 기억이 있다. 그런데 성인이 된 후에도 어릴 적 만화 속에서 본 우스꽝스러운 돈키호테의 모습이 머릿속에 남게 되어서, 우리 사회에서 좀 튀거나 기이한 사람, 혹은 남과 타협하지 않고 고집스러운 사람을 돈키호테라고 부른다. 이는 우리가 돈키호테를 매우 잘못 이해한 결과이며 바로잡아야 할 과제이다.

돈키호테는 자신의 사명을 이렇게 말한다.

"나는 내 운명에 따라서 편력기사도의 좁은 길을 갈 것이오. 그 길을 가자면 재물을 멀리하고 명예를 중하게 여겨야 하오. 나는 모욕을 갚고, 명예훼손을 바로잡고 무례함을 벌하고 거인들을 물리치고 요괴들을 짓밟아 버렸소. … 모든 사람에게 선을 행하고 어느 누구에게도 해를 끼치지 않는 것이지요. 이를 위해 애쓰는 사람을 바보라고 불러야만 하는지 높으시고 훌륭한 공작 각하 말씀 좀 해 주십시오."(2편, 32장, 399-400쪽)

돈키호테는 편력기사의 선례를 좇아서 알돈사 로렌소라고

하는 여인을 이상화하고, 기사도의 전통에 따라 둘시네아 델 토보소라는 여인을(때로는 둘시네아 공주로 호칭) 자신의 머릿속에 창조하였다. 하느님에 버금갈 만큼 여인 둘시네아는 돈키호테의 상상 속에서만 존재한다. 돈키호테는 몬테시노스 동굴 안에서 둘시네아 공주를 보았다고 말하지만, 이 자체가 환상일 뿐 결코 둘시네아는 독자들에게 뼈와 살을 가진 실제의 모습을 한 번도 보여 주지 않았다. 그녀는 오직 신과 같은 존재로 돈키호테에게 절대자의 역할을 하고 있다.

돈키호테의 둘시네아에 대한 사랑은 관념의 극치라고 볼 수 있다. 작가 세르반테스는 세속화되지 않은 정숙한 여인 둘시네아를 창조하였다. 그녀와 돈키호테의 사랑은 플라토닉한 사랑이다. 플라토닉 러브의 핵심은 남녀 간 서로에 대한 갈구를 유지하는 데 있다. 기사도 소설에서 사랑은 기사가 편력을 하며 모험을 기꺼이 감수하게 만드는 원동력인 것이다. 둘시네아는 편력기사 돈키호테가 수많은 모험을 하게 되는 존재의 이유이다.

그런데 『돈키호테』가 단순히 즐거움만을 제공하는 소설이었다면 과연 400년 이상 세계 최고의 문학으로 살아남을 수가 있었을까? 세계의 대표적인 현대 작가들은『돈키호테』를 현존하는 인류 최고의 작품으로 선정한다. 그 이유는 바로『돈키호테』가 시공을 초월하는 위대한 보편적인 가치를 지니고 있기 때문이다. 즉 작품은 자유와 인간 존엄을 중시하는 인본주의 사상과 인간이 자유와 정의를 누리며 살 수 있는 유토피아적 공화국을 추구하고 있다.

우선 돈키호테 속에 숨겨 둔 작가의 메시지를 찾아보겠다.

"인간은 각자 자신의 땀과 노력으로 자신의 혈통을 만든다 Cada uno es hijo de sus obras"(1편, 47장, 704쪽)는 세르반테스의 사상이다. 이런 점에서 그는 "둘시네아도 자신의 노력과 땀으로 자수성가한 사람이다 Dulcinea es hija de sus obras"라고 말한다. 이렇게 짤막한 문장으로 세르반테스는 17세기 절대군주 시대에 귀족들이 혈통으로 세습되는 것을 반대하며, 자신의 땀으로 스스로 혈통을 만드는 사회를 꿈꾸고 있다.

이러한 사상이『돈키호테』에서 처음 등장한 것은 아니다. 1499년 스페인에서 발간된『라 셀레스티나 La Celestina』에서 몸 파는 여인 아레우사는 "너무 자신을 비하하지 마라. 우리 모두는 아담과 이브의 자손이다. 인간은 자신의 땀과 노력으로 홀

룽한 사람이 되어야지, 조상들의 귀족 신분에서 자신의 품위를 얻어서는 안 되는 거야"라고 말하면서 평등사상을 표출한 바 있다.

세르반테스는 『돈키호테』 여기저기에서 이 같은 평등사상을 표출하지만 국내 독자들은 이를 제대로 이해하지 못했다. 바로 원어 문장을 제대로 해독하지 못하였기 때문이다. 예를 들어 "우리 인간은 자신의 땀으로 자신의 혈통을 만드는 것이다"(1편, 4장, 82쪽)라는 번역과 기존에 소개된 돈키호테 번역본을 비교해 보면 큰 차이를 발견할 수 있다. 이러한 세르반테스의 사상은 1편 51장에서 다시 한 번 기술되고 있다.

"자신의 땀으로 자신의 혈통을 만들었으며, 군인의 신분이라는
것 이외에는 왕과 견주더라도 뒤질 게 없다고 큰소리를 쳤습니
다."(1편, 51장, 741-742쪽)

가장 심오한 세르반테스의 현대사상은 돈키호테 1편 18장에서 돈키호테가 산초에게 다음과 같이 말하는 부분에서도 드러난다.

"산초야, 너는 알아야 해, 인간은 남보다 더 노력하지 않고서 남보다 더 훌륭해질 수가 없는 법이야. Sábete, Sancho, que no es un hombre más que otro si no hace más que otro." 그러나 기존 번역서에서는 그 깊은 의미가 제대로 전달되지 못하였다.

이 문장은 스페인 펠리페 6세 국왕이 2014년 6월 19일 왕위에 오르면서 즉위 연설에서 인용하여 더욱 유명해졌다. 스페인 펠리페 국왕은 즉위하면서 "자신의 노력과 땀으로 훌륭한 군주의 모습을 보여 주겠다"라는 의지를 표출하였다.

스페인의 비평가 아메리코 카스트로는 돈키호테와 산초 판사의 관계를 아담과 이브의 관계에 비교한다. 그는 산초 판사라는 인물의 창조가 의도적이며 아름다운 상징이라고 시사한다. 마치 아담이 완전해지기 위하여 자신의 갈비뼈 하나를 떼어 냈듯이, 돈키호테는 산초 판사의 필요성을 느꼈기에 그를 창조하였다는 것이다.

돈키호테는 산초 판사의 존재를 절실히 필요로 하였다. 아마 그의 도움이 없었다면 돈키호테의 모험은 불가능하였을 것이다. 첫 번째 출정에서 곤욕과 낭패를 당한 돈키호테에게 산초 판사는 두 번째 출정을 가능케 하는 구실이 되었다. 그들은 각자 다른 세계를 추구하고 있지만 결국은 하나의 세계를 완성하는 상호 보완적 인물이다. 무지하고 교양 없이 묘사되는 산초는 시간이 흐름에 따라서 현자의 모습으로 나타나 독자들을 놀라게 한다. 이렇게 돈키호테의 모험을 따라다니면서 점차 돈키호테화되는 산초의 모습에 주목하면서 책 읽기를 하면 더욱 흥미롭다.

3. 산초 판사에 대한 오해

불멸의 소설 『돈키호테』에서 이야기를 이끌어 가는 또 다른 핵심 인물로 산초 판사를 빼놓을 수 없다. 산초 판사는 기사 돈키호테의 충직한 종자이며, 알파벳도 모르는 무식한 시골 농부이자 배고픔을 참지 못하는 대식가이다. 하지만 산초 판사는 단순히 주인에게 맹종하거나 주인에게 반항하는 인물만은 아니다. 그는 주인 돈키호테와 풍성한 대화를 이끌어 가기도 하고, 삶의 지혜를 가득 담고 있는 속담들을 줄줄 외는 현자적인 모습을 보이기도 한다.

그러나 앞서 언급했듯 1915년 최남선에 의해 『돈키호테』가

국내에 처음으로 소개됐을 때, 산초 판사는 천박한 사람이라는 의미에서 '범포'라고 불렸다. 그리고 정신 나간 기사로 소개된 돈키호테와 함께, 산초는 점점 만화적으로 희화화되어 알려졌다.[6]

『돈키호테』 1편 7장에서 약간 아둔하지만 심성 고운 이웃집 농부를 구슬리기 위해 돈키호테는 얼마나 많은 이야기를 건네고 많은 약속을 했는지 모른다. 섬의 총독을 시켜 주겠다는 허황된 약속을 믿고서 산초 판사는 처자식도 남겨둔 채 돈키호테의 종자가 되어 길을 떠난다.

돈키호테가 이상주의자라면 산초는 현실주의자이다. 산초에게는 손에 잡히지 않는 이상보다 눈앞에 보이는 물질이 더 소중하다. 또, 산초에게는 배불리 먹는 일이 그 어떤 것보다 중요해서, 항상 당나귀 안장 자루에 음식과 포도주를 매달고 다닐 정도이다. 작품 속에서 기사 돈키호테는 산초 판사의 이러한 면모를 다음과 같이 표현하고 있다.

---

6 박철, 「돈키호테 수용과정에 나타난 몰이해성」, 『비교문학』 제69집, 한국비교문학회, 2016.

"산초야 나는 죽어 가면서 살기 위해 태어났지만, 너는 먹으면서 죽기 위해 태어났구나.(2편, 59장, 708쪽)

"산초는 천하제일의 먹보요. 제일가는 무지한 자로다."(2편, 66장, 807쪽)

"산초에게 돈 문제를 건드리는 것은 영혼을 건드리는 것과 같아서 그에게서 돈을 빼앗아 가는 일이라면, 두 눈에서 눈동자를 빼가는 것처럼 느꼈다."(2편, 30장, 376쪽)

그러나 『돈키호테』 2편에서 산초 판사는 주인 돈키호테보다 더 지혜롭게 말하고 행동한다. 산초는 인간의 평등사상을 체스 경기에 비유하며 이렇게 말한다.

"(체스) 경기를 하는 동안에는 말 하나하나가 저마다의 역할을 다하지만 일단 게임이 끝나 버리고 나면 모조리 뒤섞여서는 무덤에 묻히듯이 한꺼번에 주머니 속으로 쓸어 담겨 버리니 말입니다."(2편, 12장, 157-158쪽)

산초의 평등사상은 다시 한 번 이렇게 표현된다.

"지체 높은 귀족이나 서민이나, 가난뱅이나 부자나 잠을 잘 때는 모두 평등하지요."(2편, 43장, 522쪽)

산초는 자연스럽게 익힌 속담들을 줄줄 외워 대는데, 돈키호테는 그 속담을 다 이해하지 못해서 쩔쩔맨다.

"들어 보세요." 산초가 말했다. "남의 눈에 있는 티를 보는 사람은 자기 눈에는 대들보가 있다는 것도 보아야 하지요. 그렇지 않으면 '죽음의 신이 목 잘려 죽은 여인 보고 놀란다'는 말을 듣게 될 테니까요. 주인님께서도 잘 아시지만 남의 집에 사는 영리한 자보다 자기 집에 있는 우둔한 자가 아는 게 더 많은 법 아니겠습니까."(2편, 43장, 521-522쪽)

속담을 줄줄 읊어 대는 산초에게 "6만 마리 악마가 와서 너와 네 속담을 가져가 버렸으면 싶구나. 도대체 그런 속담들은 다 어디서 찾은 것이냐" 하고 불만을 토로하기도 한다. 그러자 산초 판사는 이렇게 대꾸한다.

"하느님 맙소사. 주인님은 별것도 아닌 일에 역정을 내십니다. 제가 가진 재산이라고는 다른 재물도 없고 오직 속담뿐인데 그것 좀 쓴다고 왜 화를 내십니까."(2편, 43장, 521쪽)

"저는 속담 없이는 말을 하지 못하고, 제겐 타당하지 않아 보이는 속담도 없는데요."(2편, 71장, 855-856쪽)

알다시피 속담이란 옛 성현들의 경험과 사색을 압축한 짧은 경구이다. 그래서인지 『돈키호테』 2편에서 기사 돈키호테는, "산초의 말이 바보스럽기보다는 철학자 같다"(2편, 59장, 708쪽)라고 말한다.

산초가 말한 속담 중에는 우리에게 이미 익숙한 것도 많은데, 몇 가지만 소개해 보겠다.

"한쪽 문이 닫히면 다른 쪽 문이 열린다."(1편, 21장)

"제비 한 마리가 왔다고 여름이 되는 것은 아니다."(1편, 13장)

"양털을 사러 왔다가 털을 깎이고 간다."(2편, 43장)

"좋은 사람과 사귀어라. 그러면 너도 좋은 사람이 된다."(2편, 32장)

"중요한 것은 네가 누구 집에서 태어났느냐가 아니라 누구와 함께 풀을 먹느냐이다."(2편, 10장)

"개미에게 날개가 생기면 불행해진다."(2편, 33장)

"염소도 각자 짝이 있는 법."(2편, 53장)

"침대보가 아무리 길다고 해도 다리를 그 이상 뻗지 말아야 한다."(2편, 53장)

"로마에 가면 로마법을 따르라."(2편, 54장)

"하늘을 나는 독수리보다 손 안의 참새가 낫다."(2편, 71장)

『돈키호테』에는 중요한 속담이 300여 개 나오는데 독자들에게는 넘기 어려운 장벽이다.[7] 예를 들자면,『돈키호테』1편 30장에는 "침대에 벼룩들이 내게 다시 돌아온다Asi se me vuelvan las pulgas de la cama"라는 문장이 나온다. 산초 판사가 돈키호테에

---

7 Lawrence Venuti, *The Scandals of Translation*, London and New York: Routledge, 1998; Peter Fawcett,『번역과 언어』, 김도훈 옮김, 한국문화사, 1997.

게 우아하고 아름다운 미코미코나 공주와 빨리 결혼하라고 보채면서 사용한 속담이다. 그러나 그 실제 의미는 "침대에 있는 벼룩도 그녀의 아름다움에 반할 정도이다"(30장, 445쪽)라는 뜻이다.

『돈키호테』 2편 말미에서 촌부의 혈통을 가진 산초는 섬의 총독이 된다. 공작 부처가 알파벳도 모르는 산초 판사를 골탕 먹이려고 일부러 바라타리아섬의 총독으로 그를 파견한 것이다. 그러나 섬의 총독으로 변신한 산초는 솔로몬의 지혜를 발휘하여 복잡한 여러 송사 사건을 매우 이성적이고 지혜롭게 해결한다. 그는 열흘간 솔로몬 같은 훌륭한 명판관이 되어 주민들의 추앙을 받는다.

"제가 알기로는 공부를 전혀 안 하신 것으로 아는데, 나리같이 배우지도 못하신 분이 그토록 금언들과 충고로 가득 찬 말씀을 하시는 것을 보니 존경스럽습니다."(2편, 49장, 592쪽)

이 부분은 무지한 산초도 현명한 통치를 할 수 있다는 아이러니를 보여 준다. 이로 인해 산초 판사를 놀려 주려던 공작 부처는 물론, 그를 둘러싼 바라타리아섬의 사람들이 오히려 산초 판사의 지혜로운 통치에 놀림을 당하는 듯 보인다.

"장난이 진실이 되고 조롱하던 사람들이 조롱을 받게 됩니다."(2편, 49장, 592쪽)

또한, 돈키호테는 총독이 된 산초에게 "너의 비천한 혈통을 자랑하거라. 그리고 네가 농부 출신이라고 말하는 것을 부끄러 워하지 마라"라고 충고한다.

돈키호테는 2편 42장에서 섬으로 떠나는 산초에게 이렇게 말 하기도 한다.

"산초야, 네가 미덕을 중용으로 생각하고 후덕한 행동을 하는 것 을 자랑으로 삼는다면, 군주나 귀족을 아버지와 할아버지로 둔 사람들을 부러워할 까닭이 없다. 혈통은 세습되지만 미덕은 얻 어지는 것이며, 미덕은 그 자체만으로도 혈통이 갖지 못한 가치 를 지니고 있다."(2편, 42장, 512쪽)

여기서 미덕virtue이란 인간 각자가 지니고 있는 좋은 천성을 말한다. 돈키호테는 산초에게 인간은 좋은 천성 없이는 아무리 학문을 해 봐야 통치자가 될 수가 없다고 말한다.

"나는 네가 천 개의 섬도 다스릴 수 있다고 본다. 너는 좋은 천성을 가졌어. 이것 없이는 아무리 학문을 해 봐야 소용이 없지."(2편, 43장, 523쪽)

이처럼 인간의 미덕 혹은 인간의 좋은 천성이야말로 지도자의 소중한 덕목인 것이다.

돈키호테의 말대로 무지하지만 좋은 천성을 가진 산초의 통치는 민주적이면서도 매우 현실적이다. 농부를 보호하고 덕 있는 자에게 상을 주고, 게으름뱅이 떠돌이를 추방하며, 무엇보다도 사제직과 같은 특권 계층을 단 한 번도 보호하지 않는다. 이러한 면에서 산초의 정부는 매우 현대적이라 할 수 있다. 결론적으로 산초의 통치를 통하여 우리는 귀족들만 통치를 할 수 있는 것이 아니라 능력 있는 평민도 누구나 통치할 수 있음을 알 수 있다.

무지하지만 마음이 선한 종자 산초 판사와 주인인 돈키호테는 함께 수많은 모험을 하고 우여곡절을 겪는다. 두 사람은 돌에 맞거나 몽둥이 세례를 받는 등 사람들에게 조롱당하며 웃음거리가 된다. 하지만 이런 온갖 시련과 어려움 속에서도 산초 판사는 끝까지 주인 돈키호테를 저버리지 않고 생사고락을 같이하며 충실한 종자이자 진실한 인간의 표본을 보여 준다. 산초 판사라는 인물을 통해 우리는 세르반테스가 강조하고 싶었던 메시지, "혈통보다는 미덕을 갖춘 선한 인간의 천성이 더 위대하다"를 다시금 되새겨 본다.

7장
세르반테스의 현대사상

1. 신에서 인간 중심으로 전환

세르반테스의 걸작 『돈키호테』에는 무려 659여 명의 인물이 등장한다. 이것만 보아도 우리는 이 작품이 신 중심 사회에서 인간 중심으로 변화된 작품임을 알 수 있다. 특히 『돈키호테』에는 모두 14편의 삽입소설이 들어 있는데, 그 중심 테마는 거의 남녀의 사랑을 주제로 하고 있다. 또한, 삽입소설은 당시 사회적 지위가 낮은 여성의 자유의지를 한껏 옹호하고 있는데, 이 지점에서 세르반테스가 얼마나 인본주의를 갈망하고 있는지 알 수 있다.

한편, 1499년 스페인에서 출간된 작품 『라 셀레스티나』에서도 하느님의 성스러운 사랑보다 남녀의 세속적 사랑을 더 선호하였다. 작가는 여인의 아름다움을 찬미하고 우상화하면서 신을 조롱하고 있다.

> "천국에서 성인들보다 더 높은 자리를 준다 하더라도, 나는 이 순간 당신(멜리베아)과 함께 있는 것이 훨씬 더 행복합니다. … 나는 멜리베아교를 믿는 신자이며, 나는 멜리베아 당신만을 사랑하고, 나는 멜리베아 당신만을 신봉합니다."(『라 셀레스티나』, 1장)

당시 사회적 분위기는 신에서 인간 중심의 세속적인 분위기로 전환되고 있었다. 1554년 출간된 스페인 악자소설 『라사리요 데 토르메스*Lazarillo de Tormes*』는 에라스뮈스 사상으로 당시 세속적인 교회와 타락한 성직자들을 어린 소년 라사로*Lazaro*가 매우 직설적으로 조소, 풍자하고 있다. 그러기에 작가는 교회와 종교재판소의 처벌이 두려워서 자신의 이름을 작품에 밝히지 못하고 작가 미상이 되었다. 이 작품은 당시 금서 목록에 포함되었다.

세르반테스는 『돈키호테』에서 둘시네아 공주를 비롯하여 여인들의 아름다움을 극찬하는 데 펜을 아끼지 않았다. 그가 둘시네아를 얼마나 찬미하고 있는지 보겠다.

"그녀의 이름은 둘시네아, 라만차 지방의 엘 토보소 마을 출신이오. … 미모는 가히 신의 경지에 이르렀다 할 수 있는데, 그것은 시인들이 아름다운 여인들을 묘사하기 위해 부여했던 불가능해 보일 만큼 꿈같은 아름다움의 모든 속성이 그녀의 아름다움 속에서 실현되었기 때문이오. 황금빛 머릿결, 엘리시온 들판 같은 이마, 무지개 같은 눈썹, 반짝이는 두 눈동자, 장밋빛 두 뺨, 산호빛 입술, 진주 같은 이, 석고같이 하얀 목, 대리석 같은 가슴, 상아빛 두 손, 눈처럼 하얀 피부, 그리고 인간의 눈에는 너무나도 드높기만 한 정절을 품고 있는 성품."(1편, 13장, 174-175쪽)

또한, 작가는 1편 28장에서 도로테아의 아름다움을 여신과 비교하며 찬양하고 있다.

"저 사람은 루신다도 아니고 인간도 아닌 여신이군요. … 여태까지 두 사람이 보아 온 인간 중에서 가장 아름다운 여인이었다. … 물속에 있는 다리가 수정 조각 같았다면 머리카락을 빗는 손은 눈송이 같았다. 이 모든 광경을 지켜보던 세 사람은 황홀경에 빠졌고, 그녀가 누구인지 알고 싶어 안달이 났다."(1편, 28장, 404-405쪽)

액자소설 〈무모한 호기심이 빚은 이야기〉에서 세르반테스는 여인을 사랑하는 방법, 아름다운 아내를 소중하게 간수하는 방법에 대하여 상세히 기술하고 있다.

"훌륭한 여자는 반짝이는 맑은 유리 거울 같지만, 그것에 닿은 어떠한 입김에도 흐려지기 마련이니, 정숙한 여인에게는 성스러운 유물을 다루는 방식을 사용해야 하네. 찬양하지만 손을 대서는 안 되는 것이야. 훌륭한 여인은 마치 꽃과 장미가 가득한 아름다운 정원을 지키고 소중히 하듯이, 그 정원의 주인이라면 어느 누구도 그곳에 들어가지 못하게 하고 만지지도 못하게 해야 하네. 멀리서 철책 사이로 그 향기와 아름다움을 즐기는 것으로 충분하다네. (1편, 33장, 488쪽)

『돈키호테』에 나오는 등장인물 중에는 뚜쟁이, 창녀, 범죄자 등 우리 사회의 언저리에 있는 소외자들도 등장한다. 세르반테스는 남녀 사랑의 기쁨을 기술하면서 현세 삶의 쾌락을Carpe diem 잘 묘사하였다.

"무슨 중개를 하긴 했는데 사람 몸을 중개했다는 것이지요. 다시 말해 이 양반은 뚜쟁이인 데다 마법사 같은 모습을 했기 때문에 끌려가는 거랍니다."(1편, 22장, 296쪽)

"이즈음 레오넬라는 연인과의 사랑에 더없는 만족을 느낀 나머지 다른 것은 전혀 염두에 두지 않고 고삐가 풀린 것처럼 연인에게만 몰두했다."(1편, 35장, 534쪽)

돈키호테가 뚜쟁이라는 직업에 대하여 멋진 공화국에서는 꼭 필요한 일이라고 말하자 죄수로 붙잡혀 가던 착해 보이는 늙은 뚜쟁이가 이렇게 말한다.

"뚜쟁이라는 직업이 나쁘다고 한 번도 생각해 보지 않았습니다.

저는 그저 온 세상 사람들이 갈등이나 고통 없이 평화롭고 조용하

게 살아가고 즐겼으면 하고 바랐을 뿐입니다."(1편, 22장, 297쪽)

이제 세르반테스는 모든 남녀 인간 군상들을 작품에 등장시

킴으로써, 신 중심 세상으로부터 인간 중심 사회로 변모한 삶

을 사실적으로 보여 준다. 특히 그는 여인의 아름다움을 관능

적으로 묘사하고, 남녀 사랑의 다양한 모습을 액자소설로 만들

어 소설 『돈키호테』 이곳저곳에 끼워 넣었다.

이러한 점에서 세르반테스가 스페인 황금 세기의 인본주

의 사상을 대표하는 작가라는 데에는 아무런 반론이 없다.

1925년, 스페인의 비평가 아메리코 카스트로는 『세르반테스의

사상』이라는 저서에서 세르반테스를 "종교재판소의 검열과 교

회의 감시를 피하고자 노력한 당대의 사상가이자 개혁가"라고

평가하였다. 그렇다면 그 연장선상에서 에라스뮈스 정신이 세

르반테스에게 끼친 영향에는 무엇이 있는지 살펴보겠다.

2. 세르반테스와 에라스뮈스 정신

세르반테스가 『돈키호테』의 서문에서 밝힌 것처럼 작가는 단순히 기사소설을 비난하고 응징하기 위하여 이 작품을 쓴 것일까? 내면적으로 살펴보면 17세기 당시 스페인 교회와 성직자에 대한 신랄한 풍자와 조소, 그리고 절대군주체제에 대한 비판을 독특한 유머와 패러디 기법으로 썼다고 보는 견해가 우세하다.

또한, 그의 작품 배경이 에라스뮈스 사상의 영향에만 국한된 것은 아니다. 작가가 살았던 시대 및 왕국의 현실과 관련하여 자기 자신만의 이상적 세계를 갈구하는 독창적인 모습이 작품 전체에 나타나고 있기 때문이다.

카를로스 5세 통치하(1516-1556년)의 스페인 문화와 사회에는 에라스뮈스 사상이 만연해 있었다. 이에 따라 세르반테스의 문학적 성향은 에라스뮈스의 인본주의 사상에 영향을 받았고, 작품 곳곳에서 세르반테스의 독특한 풍자와 유머를 찾아볼 수 있다. 즉, 세르반테스의 문학 배경에는 그의 스승 로페스 데 오요스에게서 받은 에라스뮈스 사상의 영향, 이탈리아 여행을 통하여 얻은 수많은 경험, 인문주의 서적을 탐독하면서 터득한 르네상스 사상이 깔려 있다.

세르반테스는 『돈키호테』에서 가톨릭교의 종교적 교리나 도그마를 비웃기보다는 성직자, 수도사들의 반反복음적인 삶을 더 조소하고 있다. 그리고 기도, 종교행렬, 설교, 성상 등의 외적인 의식과 종교적 행위를 매우 시니컬하게 기술하고 있다.

돈키호테가 시에라 모레나 산속에서 아마디스 데 가울라의 고행을 따라 하면서, 자신에게는 묵주가 없다는 것을 알고서 자신의 속셔츠를 찢어서 매듭을 만들어 묵주로 삼는 장면이 있다.

"그나저나 묵주가 없어서 어쩐다지?

그 순간 묵주를 만드는 요령이 떠올랐는데, 바로 치렁치렁 늘어진 셔츠 자락을 널따랗게 잘라낸 뒤 열한 개의 매듭을 짓는 것이었다. 물론 매듭 중 한 개는 나머지 열 개에 비해 크게 만들었다. 그것이 그가 산속에 있는 동안 묵주 노릇을 했고, 돈키호테는 성모송을 백만 번이나 외워 댔다."(1편, 26장, 367쪽)

축 늘어진 셔츠, 그것도 더러운 셔츠로 묵주를 만든다는 것은 작가의 마음에 묵주와 기도에 대한 경외심이 없다는 것을 드러낸다. 이 부분은 포르투갈 종교재판소의 검열에서 굉장한 비판을 받았고 결국 삭제되었다. 그 결과 작가는 『돈키호테』 2판을 찍을 때 '셔츠 쪼가리'로 만든 묵주를 '떡갈나무 줄기의 마디'로 바꾸어 표현해야 했다.

마르셀 바타용Marcel Bataillón은 그의 저서 『에라스뮈스와 스페인Erasmo y España』에서 "세르반테스는 『돈키호테』 작품 속에서 성직자의 미덕을 이상화시켜 보여 준 적이 결코 없다"라고 했다. "오히려 그는 작품에서 이따금 나타나는 성직자들의 모습을 우스꽝스럽게 그리고 있다"라고 지적한다. 예를 들면 『돈키호테』 1편 8장에서 낙타만큼 커다란 당나귀에 올라탄 성 베네딕트 교단 소속의 수도사들은 먼지와 햇빛을 가리는 안경을 쓰고 양산을 받쳐 든 채 우스꽝스럽게 나타나는데 돈키호테는 다짜고짜 이들을 공격한다.[1]

---

1 Marcel Bataillón, *Erasmo y España*, 1991, Madrid, pp.791~792.

"성 베네딕트 교단의 수도사 둘이 길 저편에서 오고 있는 게 보였다. 그들은 각자 낙타를 탄 기사로 보였는데, 실제로 그들이 타고 오는 두 마리의 노새는 결코 낙타보다 작지 않은 것이었다. 그들은 햇빛을 막기 위한 여행용 눈가리개와 양산을 들고 있었으며, 그들 뒤로 마차 한 대가 따라오고 있었다."(1편, 8장, 124쪽)

이 문장의 묘사를 아무 생각 없이 읽게 된다면 수도사들의 행렬이라고 넘겨 버릴 것이지만, 에라스뮈스 사상을 바탕으로 이해하면 당시 사치스러운 교회와 수도사를 풍자 및 조소하는 것임을 알 수 있다. 당시 사회에서 노새는 일상의 이동 수단에 중요한 역할을 하였다. 노새의 크기, 건강상태 등에 따라서 가격 차이가 엄청났다. 따라서 낙타만큼 큰 노새를 타고 있다는 묘사는 성직자들의 과도한 부를 풍자하는 것이다. 오늘날로 치면 소형 승용차가 아니라 호화로운 대형 고급 승용차를 타고 다니는 것과 비교할 수 있다. 17세기 당시 스페인의 성직자들은 경제력이 막강해져 세르반테스 시대에 이르러서는 교회의 총소득이 스페인 왕국 전체 소득의 1/3을 차지할 정도였다.

사모하는 여인 둘시네아를 하느님처럼 신성시하여 사교처럼 여겨질 정도라고 비난하는 돈 비발도의 대사도 흥미롭다. 돈키호테가 위급한 시기마다 연인을 향해 기도할 시간이 있다면 차라리 하느님께 기도하는 편이 훨씬 나을 것이며, 그것이 그리스도교인으로서 당연한 의무이지 않냐는 비발도의 질문에 돈키호테는 교묘한 대답으로 이교도가 아니냐는 의심을 피한다.

> "그건 그렇지가 않소." 돈키호테가 말했다. "연인 없는 편력기사는 있을 수 없소. 저 하늘에 별이 있듯이, 편력기사들이 사랑에 빠지는 것은 너무나도 당연한 이치요. 확신하건대 사랑에 빠지지 않은 편력기사 이야기는 지금껏 본 적이 없소. 만일 연인이 없는 편력기사가 있다면 사이비 기사일 것이오."(1편, 13장, 173쪽)

여인에 대한 이런 신성화는 『돈키호테』 1편 3장에서도 잘 드러난다. 여인숙에서 기사 임명식을 받던 돈키호테는 자신의 갑옷에 손을 대는 마부를 공격하는데, 이때 돈키호테는 허공을 우러러보며 그가 사모하는 둘시네아에게 구원을 요청하며 기도한다.

"나의 공주여, 그대를 섬기는 자의 가슴에 새겨진 최초의 모욕에 서 저를 구해 주소서. 이 위기의 순간에 그대의 후원과 보호로 저 에게 기운을 북돋아 주소서."(1편, 3장, 74쪽)

그리고 유명한 풍차와의 모험에서 돈키호테는 라만차 들판 에 세워진 거대한 풍차를 공격하기 전에 하느님이 아니라 둘시 네아에게 자신을 맡기고, 보호를 간청하는 기도를 한다.

"도망치지 마라, 이 비열한 겁쟁이들아. 이 기사님께서 너희들을 대적하러 왔노라. … 그리고는 온 마음을 다하여 여인 둘시네아 에게 자신을 맡기고, 위기에서 구해 달라고 간절히 기도한 후, 방 패로 잘 가리고 창을 창받이에 걸친 채 전속력으로 로시난테를 몰아 정면에 있는 첫 번째 풍차를 공격했다."(1편, 8장, 118쪽)

포르투갈의 종교재판소는 돈키호테가 모험을 시작하면서 둘 시네아에게 먼저 기원을 하고 나중에 하느님에게 기도하는 이 장면을 삭제하도록 명했다.

향유를 만드는 장면 역시 포르투갈 종교재판소의 검열에 의해 삭제되었다.[2] 돈키호테는 미사와 비슷한 장면을 연출해 내지만, 그 예배 의식을 마치 어린아이들의 장난처럼 묘사함으로써 풍자 및 조소하고 있다. 이 장면은 기독교의 미사와 비교하여 기름병을 성배로, 기원을 기도로 각각 비유하여 풍자하는 것으로 보인다.

> "돈키호테는 산초에게서 받은 약재를 모두 섞어 제대로 되었다
> 고 여겨질 때까지 오래도록 끓여 향유를 만들었다. … 돈키호테
> 는 그것들을 향해서 여든 번이 넘게 주기도문을 올리고, 또다시
> 그만큼 성모송과 사도신경을 올리면서 축복의 의미로 한 구절 외
> 울 때마다 성호를 그었다."(1편, 17장, 224쪽)

16-17세기 스페인에서는 많은 사람이 미신에 의지하고 있었는데, 그것은 하층민들 사이에서뿐만 아니라, 중상류층에서도 그러했다. 이에 독일의 스페인 문학 연구가 루트비히 판들 Ludwig Pfandl은 스페인에서는 병이 나면 돌팔이 의사나 주문呪文

---

2 Marcel Bataillón, 앞의 책, pp.788-790.

을 외우는 이를 찾아갔으며, 그들은 절박한 불행을 모면하기 위한 기도를 했다고 말한다.

산타 아폴로니아 기도문[3]이나 외우라는 산손 카라스코의 충고 역시 예배 의식을 비웃으려는 의도로 보인다.

> "학사님, 절더러 산타 아폴로니아 기도문을 외우라고 하셨어요?
> 만약 제 주인님이 이가 아프시다면 그렇게 했지요. 하지만 아픈
> 데는 머리통인데요."(2편, 7장, 103쪽)

물론 돈키호테도 스페인 사회에 만연된 미신이나 징조에 대하여 몇 가지 예를 들면서 날카로운 풍자를 한다. 돈키호테는 거리에서 프란시스코회 수도사와 마주치게 되자 다음과 같이 말한다.

> "징조를 믿는 사람은 아침에 일어나서 집을 나섰을 때 프란시스
> 코 교단의 사제를 우연히 마주치면 마치 그리펜(사자의 몸에 독수

---

3 이가 아플 때에 기도문을 외우면 낫는다는 스페인의 민간 신앙이다.

리 머리와 날개를 가지고 황금을 지키는 괴물)을 만나기라도 한 것처럼 발길을 돌려 집으로 와 버린다. 또 멘도사 가문의 사람은(미신을 잘 믿는 것으로 유명하다) 식탁에서 소금을 쏟으면 그 사람 마음에 우울한 기분이 금방 확 퍼지고 만다."(2편, 58장, 694쪽)

이처럼 작품 속에서 들리는 미신이나 풍자의 목소리는 주인공들의 행보를 따라서 지속적으로 울려 퍼지고 있다. 기사 돈키호테는 작품 곳곳에서 종교개혁주의적 발언을 서슴지 않았다. 사실 세르반테스는 당시 사회에 비순응주의적 태도로 자신의 목소리를 작품에 담아 내었다.

<u>돈키호테가 편력기사로 수많은 모험을 하면서 단 한 번도 스페인 교회에 몸소 들어간 적이 없으며, 엄숙하게 기독교적 의식을 행하지 않았다는 점도 우연은 아니다.</u> 그 당시 라만차 지방에는 풍차보다 교회당 숫자가 훨씬 많았는데, 돈키호테가 라만차 지방의 수많은 마을을 돌아다니면서도 성당이나 종교재판소에 대한 언급을 한 번도 하지 않았다는 점만 봐도 알 수 있다.

세르반테스 연구로 저명한 메넨데스 펠라요Menéndez Pelayo, 아

메리코 카스트로Américo Castro, 마르셀 바타욘Marcel Bataillon, 루도빅 오스테릭Ludovik Osterc 등은 여러 연구를 통해 세르반테스에 미친 에라스뮈스 사상의 영향을 이론적으로 잘 뒷받침하고 있다.

프랑스의 스페인 어문학자 마르셀 바타욘은 1937년 『에라스뮈스와 스페인』을 발간했다. 그는 16세기 초 스페인 사회에 급속하게 확산하여 만연해 있던 에라스뮈스의 개혁주의를 연구하면서 그의 저서 마지막 장에 세르반테스의 문학세계를 다루었다. 그에 따르면, 세르반테스는 에라스뮈스처럼 수도원 생활과 종교적 권위에 반대하였다. 마르셀 바타욘은 "만약 스페인이 에라스뮈스 사상을 받아들이지 않았다면 『돈키호테』는 탄생하지 않았을 것"이라고 말했다. 스페인의 사상가 아메리코 카스트로도 "에라스뮈스가 없었다면 세르반테스도 존재하지 않았을 것"이라고 강조하였다.

이와 관련해 스페인의 가장 충실한 에라스뮈스주의자 후안 데 발데스Juan de Valdés는 자신의 작품 『기독교 교리에 관한 대화Diálogo de doctrina cristiana』(1529)에서 기독교 신앙의 진실을 가르치고 있는데, 여기서도 에라스뮈스 사상의 영향을 엿볼 수 있다. 작가는 이 작품 때문에 종교재판소에 고발되어 이탈리아로 피신하였다.

한편 스페인의 세르반테스 연구자 메넨데스 펠라요는 세르반테스가 유일하게 수학한 스승 로페스 데 오요스가 에라스뮈스 사상에 심취한 사람이라는 것은 우연한 일이 아니라고 말하면서, 세르반테스와 에라스뮈스와의 연관성을 지적했다.

한편 멕시코 자치 대학교의 세르반테스 문학 연구자 루도빅 오스테릭도 자신의 연구 저서 『돈키호테의 정치 사회 사상*El pensamiento social y político del quijote*』에서 에라스뮈스는 16세기 전반기, 즉 스페인 르네상스 초기에 인본주의적 사상의 발전에 지대한 영향을 미쳤다고 했다. 세르반테스의 작품, 특히 『돈키호테』에 에라스뮈스 사상의 영향이 크다는 사실은 별개로 하더라도, 세르반테스 자신은 『돈키호테』 2편 62장에서 바르셀로나의 어느 출판사를 방문한 장면에서 에라스뮈스 문학에 관한 관심을 직접적으로 언급한다. 이때 그는 펠리페 데 메네세스Felipe de Meneses의 『영혼의 빛*Luz del alma*』이라는 책을 언급하였다.

『영혼의 빛』이라는 제목의 책 교정을 보고 있는 것을 보고 돈키호테가 말했다.

"이런 책들은, 이런 종류의 책들이 많기는 하지만, 꼭 출판되어야
할 것들이지요. 왜냐하면, 오늘날 죄를 지은 자들이 너무나 많고,
그렇게 분별력을 잃은 수많은 자를 위해서는 셀 수 없이 많은 빛
이 필요하기 때문이오."(2편, 62장, 768쪽)

『영혼의 빛』은 17세기 초에는 잊혀 가는 책이었지만, 세르반
테스가 젊었던 시절에는 에라스뮈스 사상을 잘 보여 주는 매우
인기 있던 책이었다.[4] 그러기에 세르반테스는 『돈키호테』에서
이 저서를 언급하며 자신이 에라스뮈스 사상에 동조한다는 것
을 확실하게 보여 주고 있다.

16세기 중반 스페인에서 에라스뮈스 작품들은 금서로 지정
되었다. 그러나 세르반테스는 스승이자 에라스뮈스 사상의 추
종자였던 후안 로페스 데 오요스와, 에라스뮈스의 『광기 예찬
Elogio de la Locura』을 번안한 헤로니모 데 몬드라곤의 『인간의 광
기에 대한 검열과 광기의 탁월성』이라는 작품을 통해서 간접

---

4   Marcel Bataillón, 앞의 책, p.778.

적으로 에라스뮈스 작품을 알고 있었다.[5] 이런 점에서 『광기 예찬』과 『돈키호테』의 광기 사이에 상당한 연관성을 짐작할 수 있다.

그러나 세르반테스 작품들의 배경이 에라스뮈스 사상의 영향에만 국한된 것은 아니다. 작가는 그가 살았던 시대 및 왕국의 현실과 관련하여 자기 자신만의 이상적 세계를 갈구하였고 이것을 독창적으로 『돈키호테』 작품 전체에 담아내고 있다.

3. 세르반테스와 페미니즘

16-17세기 스페인 사회에서 여성의 지위는 매우 낮고 제한적이었다. 여성은 오로지 어머니나 수녀가 되어야 할 운명이었고 만일 결혼을 위한 지참금이 부족한 경우에는 하녀가 되거나, 몸을 파는 창녀가 되어야 했다. 그러므로 딸을 결혼시킬 수 없는 가정에서는 여인들이 가족의 명예를 지키기 위해 수녀원

---

5 박철, 「세르반테스와 인문주의: 에라스뮈스 주의를 중심으로」, 『서어서문연구』 제16호, 한국서어서문학회, 2000.

으로 들어가는 것이 유일한 해결책이었다. 또한, 여성은 일단 결혼을 하게 되면 남편에 복종하고 시중을 들어야만 했다. 성스러워야 할 결혼은 남성사회의 질서를 확고히 하는 수단으로 자리 잡게 되었다. 그 결과 여성은 남성의 소유물이나 재산의 일부로 간주되었다. 남편은 부인을 가치 있는 재산처럼 자물쇠를 채워 감시해야 할 대상으로 여겼다.

멕시코 자치 대학교의 루도빅 오스테릭 교수는 『돈키호테의 정치 사회적 사상』에서 다음과 같이 기술한다.

"여성은 남성에 비해 아주 열등한 위치를 차지하고 있으며, 여성의 지위는 노예는 아니지만 높은 등급의 하녀 위치에 있다. 특히 기사소설과 목가소설에서 보여지는 귀부인이나 여인에 대한 과장된 숭배에도 불구하고, 여인은 집안의 가구처럼 재산의 일부에 지나지 않았다. 결혼 전에는 아버지에게 속하다가 결혼 후에는 남편에게 예속되었다. 결혼이란 마치 주인이 자신의 땅을 처분하는 것처럼 부모나 후견인의 몫이었다."[6]

6　박철, 「세르반테스의 소설에 나타난 계몽주의적 페미니즘」, 『외국문학연구』 제3호,

이런 관점에서 세르반테스가 우리에게 전하고자 한 것은 여성의 자유의지라고 볼 수 있다. 『돈키호테』에 삽입된 14편의 액자소설을 통해 작가는 인간의 본질적 문제인 자유의지를 주장하고 있다. 세르반테스는 신 중심의 사상에서 벗어나 인간의 존엄성을 중요시하는 르네상스의 휴머니즘 사상을 바탕으로 자신의 사상을 표출하였다.

에디스 카메론Edith Cameron은 1926년 「돈키호테에 나타나는 여인들Women in Don Quijote」이라는 논문에서 마르셀라[7]야말로 스페인 문학 최초의 페미니스트라고 말했다. 마르셀라는 17세기 인물이지만 현대 여성으로 불리기에 손색이 없으며 그녀의 현대성은 자유의지의 정신을 보여주는 데 있다는 것이다. 덧붙여 자신의 명예와 권리를 확고하게 지키고 있다는 점에서 마르셀라를 그 시대에 저항하는 여성이라고 했다. 한편 돈키호테 연구가 엑토르 마르케스Hector Marquez는 세르반테스가 여성을 존중할 줄 아는 진정한 기사라고 말한다.

1997; Ludovik Osterc, *El pensamiento social y politico del Quijote*, Mexico, UNAM, 1988, p.98.

7 『돈키호테』 1편 첫 번째 액자소설의 여주인공.

세르반테스 연구의 최고봉인 아메리코 카스트로는 "스페인은 세르반테스와 함께 비로소 르네상스 흐름에 참여하였다"라고 말한다. 세르반테스는 이러한 휴머니즘 사상을 '자연스러움'의 개념으로 보았다. 세르반테스에게 '자연스러움'은 인간 자유의지의 실현으로, 그는 휴머니즘 사상을 남성에게만 적용하려는 시각을 탈피하여 여성을 그 범주에 포함했다. 그리고 아메리코 카스트로는 이에 대해 "당시 성차별에 의한 스페인 사회의 반쪽 휴머니즘 사상을 진정한 의미에서 모두를 아우르는 포괄적 휴머니즘 사상으로 확대한 것이다"라고 말했다.

세르반테스는 『모범소설』 중 〈질투심 많은 늙은이 *El celoso extremeño*〉에서 나이 어린 소녀를 노인에게 시집 보내는 부모의 탐욕과 무지를 비판하였다. 이어서 작가는 막간극 『질투심 많은 늙은이 *El viejo celoso*』에서 또다시 소녀와 늙은이의 부조리한 결혼을 고발하였다. 그 외에도 세르반테스는 『이혼 재판관 *El juez de los divorcios*』을 통하여 여성의 자유의지와 매우 현대적인 페미니즘을 용기 있게 잘 보여 주고 있다.

"(재판관님) 이혼으로 저의 울음을 멈추게 해 주십시오. 멋진 공화국에서는 결혼 기간을 제한해야 할 것 같습니다. 물건 임대의 경우와 마찬가지로 매 3년 단위로 계약을 해지하거나 재계약을 해지하거나 재계약을 하거나 말입니다. 결혼 기간을 평생으로 못 박아서 쌍방 모두가 평생을 고통스럽게 살게 해서는 안 될 겁니다."[8]

스페인에서 본격적으로 여성 계몽주의와 페미니즘이 등장하는 것은 18세기 모라틴Leandro Fernández de Moratín의 극작품 『소녀의 대답El sí de las niñas』, 『늙은이와 소녀El viejo y la niña』 등에서이다. 여기서 작가는 재물 때문에 자신의 어린 딸을 부자 노인에게 시집보내는 부모의 부당성을 지적하고 여성들이 부모의 의사에 무조건 따를 것이 아니라 자신의 행복을 위해 스스로 사랑을 자유의지로 선택해야 한다는 계몽주의 사상을 보여 주었다.

세르반테스는 이보다 1세기 앞서 여성의 자유의지를 주장하는 계몽주의적 모습을 보여 주었다. 이런 점에서 세르반테스는 스페인 문학 최초의 페미니즘적 계몽주의 작가라 할 수 있을

8 박철, 『이혼 재판관』, 연극과인간, 2004.

것이다.

2004년 서울에서 개최된 제11차 세계 세르반테스학회에 참석한 하버드 대학교 로망스어학부의 프란시스코 마르케스 비야누에바Francisco Márquez Villanueva 교수는 자신의 논문[9]에서 "세르반테스는 분명 페미니스트이다. 여인을 남자의 소유물로 여기던 당시 풍속에 비하면 여인들의 자유의지를 높이 산 혁신적인 페미니스트였다"라고 말했다. 마르케스 교수는 도로테아가 돈 페르난도에게 벌이는 애정 공세를 묘사한 부분에서 도로테아의 '콧등을 부딪치다hocicar'라는 표현에도 주목했다.

"자신이 말하는 것처럼 높으신 분이라면, 주위 사람들의 시선을 피해 주막집에 있는 사람들 가운데 어느 한 사람과 쉴 새 없이 계속 입을 맞추지는(콧등을 부딪치면서 애무하는 행동) 않았을 테니까요. 산초의 말에 도로테아는 얼굴이 빨개졌다."(1편, 46장, 686쪽)

---

9 프란시스코 마르케스 비야누에바, 「새롭게 조명하는 세르반테스의 삶」, 『중남미연구』 제23권 2호, 한국외국어대 중남미연구소, 2005, 261-268쪽 참조.

이 장면은 도로테아가 돈 페르난도에게 키스를 받는 것이 아니라 그녀가 적극적으로 달려들어 진한 애정을 돈 페르난도에게 퍼붓는 것이라고 마르케스 교수는 설명한다.

돈키호테 1편의 첫 번째 삽입소설에서도 마르셀라는 여성의 자유의지를 매우 강하게 보여 주었다. 페르난도와 도로테아의 사랑과 루신다와 카르데니오의 사랑 역시 진정한 여성의 자유의지의 승리로 귀결되었다. 이를 미루어 볼 때 작가 세르반테스는 여성이 남성의 소유물이라는 당시의 가치관을 부정하면서 현대적 여성주의를 추구하는 자유 정신을 강하게 보여 주고 있다.

돈키호테 2편에서 클라우디아 헤로니모는 남성에게 속아서 버림을 받자, 이에 대한 보복으로 남성을 찾아가서 총으로 죽인다. 여성을 배신한 남성에 대한 복수는 그 당시 사회에서는 상상을 초월하는 것이었다. 돈키호테 작품 속에서 점차 여성주의가 발전해 나가면서 극단적인 페미니즘으로까지 발전하고 있는 것을 보여 준다고 할 수 있다.

미겔 데 세르반테스는 당시 남성의 소유물에 불과한 여성의 지위를 남녀 동등한 것으로 격상하고, 여성의 자유의지의 승리를 돈키호테에서 보여 준다. 여성의 자유의지에 의한 참된 사랑과 결합은 세르반테스가 추구하는 진정한 근대정신이라고 하겠다.

4. 『돈키호테』와 멋진 공화국

1516년 토머스 모어는 『유토피아』를 라틴어로 출판하였다. 과거 플라톤이 아테네의 실상을 드러내고자 아틀란티스라는 낙원을 창조했다면, 토머스 모어는 유토피아를 창조해 냄으로써 당시 영국에 팽배해 있던 사회적 부당성을 고발하고자 했다.

16세기 당시 유럽은 르네상스 영향으로 부르주아라는 새로운 세력이 등장함에 따라 봉건 사회가 서서히 몰락해 갔다. 동시에 세상은 자유로운 삶을 동경하는 유토피아에 대한 지대한 관심이 팽배해 있었다. 이러한 시점에 토머스 모어의 『유토피아』는 거의 출판과 동시에 스페인의 도서관들로 유입되었고, 당대의 스페인 인문주의자 후안 말도나도Juan Maldonado와 엘 브로센세El Brocense에게 큰 감명을 주었다.

토머스 모어의 『유토피아』는 1524년에 독일어로, 1548년에는 이탈리아어로도 번역 소개된 바 있다. 그러나 스페인에서는 1583년 당시 톨레도 대주교의 명으로 출간이 금지되다가, 결국 1592년에야 출판되었다. 이러한 출간 시기의 차이로 인해, 세르반테스가 『유토피아』를 접하게 된 배경에는 다소 의견이 분분하다. 왜냐하면, 세르반테스는 1569년에서 1575년까지 이탈리아에 머물렀는데, 이때 이탈리아어 번역본(1548년 판)을 접했을 가능성이 크기 때문이다. 그렇다면 세르반테스는 자신의 작품 속에서 '멋진 공화국'이라는 표현을 통해 어떻게 유토피아적 이상향을 제시하였을까?

『돈키호테』에는 '공화국'이라는 단어가 21번이나 언급되고 있다. 작가는 "플라톤의 충고대로 선량하고 질서가 잡힌 공화국에서라면 외설적인 시인들을 추방해야 한다"(2편, 38장, 474쪽)라고 기술했다. 이를 미루어 보면, 세르반테스는 분명 플라톤의 '공화국'을 읽었다고 확신할 수 있다.

작가가 추구하는 '멋진 공화국'에서는 혈통과 족보에 근간한 역사적 귀족주의의 혈통이 부정된다. 작가는 세습으로 물려받은 혈통 대신 "인간은 각자 자신의 노력과 땀으로 자신의 혈통을 만든다Cada uno es hijo de sus obras"라는 근대적 개념을 제시했다.

　그래서 『돈키호테』에 등장하는 "멋진 공화국República bien ordenada o bien concertada"이라는 표현에 주목하고 작가가 그려 내려는 이상향의 세계, 즉 유토피아를 연상하면서 『돈키호테』 읽기를 독자들에게 권하고 싶다. 사실 기존의 국내 번역본들은 '공화국'이라는 의미 있는 어휘를 대부분 간과하였다.

　세르반테스는 양치기 목동들이 한데 모인 목가적 분위기 속에서 돈키호테가 '황금시대에 대한 일장 연설'을 펼치는 장면에서 유토피아에 대한 자신의 생각을 피력하고 있다. 그는 '멋진 공화국'의 이미지를 수시로 암시하는데, 일례로 부지런하고 빈틈없이 일하는 꿀벌들의 사회를 통해 이를 여실히 보여 준다.

　세르반테스는 부지런한 꿀벌을 이상적인 공화국을 건설하는 주인공으로 묘사하였고, 반면 훌륭한 공화국에 쓸모없는 게으른 인간들을 수벌에 비교하였다.

"여러분, 쓸모없고 게으른 인간들은 공화국이라는 벌집에서 일벌들이 만들어 놓은 꿀을 먹어 치우는 수벌들과 마찬가지라는 사실을 알아주기 바라오."(2편, 49장, 592쪽)

이러한 점으로 추론해 볼 때, 세르반테스는 자기 자신의 노력을 통해 스스로의 혈통을 만들어 가는, 근면한 사람들이 칭송받을 수 있는 멋진 공화국을 꿈꾸었다고 볼 수 있다.

돈키호테는 자신이 맞닥뜨리게 될 '모든 불의를 타파'하고 '공화국에 봉사'하기 위해 기사가 되고자 한다. 따라서 그는 구체적으로 불의를 개선하는 것 외에도 이 땅에 모든 거인(악한)들을 제거해야 할 신화적 영웅의 임무를 지니고 있으며, 이를 통해 더 나은 사회의 건설에 일조할 수 있음을 대성일갈한다.

"그는 자신의 명예를 드높이는 동시에 자신의 공화국을 위해 봉사할 마음으로 편력기사가 되어 무장하고 말을 타고서 모험을 찾아 온 세상을 돌아다니며, 자신이 읽은 편력기사들이 행한 모든 것을 실행해 보는 것이 필요하다고 생각했다."(1편, 1장, 54쪽)

세르반테스가 유토피아적 세계로 제시하고 있는 '멋진 공화국'에서 뚜쟁이는 모든 사람이 평화롭고 안락하게 휴식을 취하면서 살아가도록 해 주므로 그 직업은 이성적으로 허용된다고 했다.

"뚜쟁이라는 직업은 사려 깊은 일일 뿐만 아니라 멋진 공화국에

서는 꼭 필요한 일이기도 하며, 태생이 좋은 사람들만이[10] 할 수

있는 일이기 때문이오."(1편, 22장, 296쪽)

흥미를 더하여 '공화국'에서는 선거를 통하여 중요한 직책을

맡을 자를 선출해야 한다고 말한다. 당시 절대군주 왕정에서

상상할 수 없는 일이다.

"더 나아가 공화국에서 참으로 꼭 필요한 직무를 맡을 사람들은

선거로 뽑는 것이 왜 타당한지에 대해 설명하고 싶지만, 지금은

때가 아닌듯 싶소."(1편, 22장, 297쪽)

멋진 공화국의 지도자는 혈통의 대물림으로 군림하는 것이

아니라, 민주적인 선거를 통하여 뽑아야 한다는[11] 민주 사상이

---

10 하버드 대학교의 프란시스코 마르케스 교수의 주장에 따르면 당시 유태인 집안의
   여인들은 시집을 갈 수 없어서, 창녀로 일을 하게 되었다고 한다.
11 세르반테스는 자신의 막간극 '다간소 마을의 시장선거'에서 민주적 선거를 통해 시
   장을 뽑는 장면을 연출한다.

이미 400년 전에 발아하였다. 이를 통해 세르반테스가 당시 세습군주 왕국에 비순응적인 태도를 확고하게 보여 주었다는 것을 알 수 있다.

세르반테스는 "멋진 공화국에서는 체스, 구슬치기, 당구가 허용되는 것처럼 인쇄가 허용되어야 한다"(1편, 32장, 474쪽)라고 말했고, "훌륭한 공화국에서는 대중을 위해 연극을 만드는 주된 의도가 정직하게 재창조된 사회를 만들기 위한 것"(1편, 48장, 712쪽)이라고 기술하였다.

또한, 세르반테스는 자신이 살고 있던 당대 사회를 '가증스러운 시대'라고 말하면서 "아가씨들이 덩굴나무 잎새만으로도 자연스럽게 꼭 감추어야 할 은밀한 부분만을 가린 채 활보할 수 있는 공화국, 숙녀들이 자신의 정조를 더럽힐까 우려하지 않으면서 마음 편하고 자유롭게 활보할 수 있는 공화국을 꿈꾼다"(1편, 11장, 151쪽)라고 기술하였다. 이에 더해 돈키호테는 '황금시대에 대한 연설'에서 멋진 공화국에서는 "재판할 일도 재판받을 사람도 없다"(1편, 11장, 151쪽)라고 말한다.

이렇듯 세르반테스의 사상은 매우 이상적이다. 그는 편력기사로서 당시 시대상을 '참으로 불행한 이 시대'(1편, 9장), '가증스러운 시대'(1편, 11장), '타락한 시대'(2편, 1장)로 기술하였다. 그래서 작가는 모두가 행복하고 안전하게 살아갈 수 있는 유토피아를 지향하는 '멋진 공화국'을 돈키호테에서 제시하였다.

5. 바라타리아섬과 유토피아

유토피아적 공화국에 대한 세르반테스의 생각이 가장 잘 드러나는 부분은 산초 판사가 '바라타리아섬'[12]의 총독이 되어 열흘 동안 통치하는 『돈키호테』 2편 45장부터 53장까지이다. 돈키호테가 언젠가는 섬을 획득하여 그곳의 통치권을 자신에게 주리라는 희망을 품고 산초 판사가 그의 종자가 되기를 수락하는(1편, 7장) 바로 그 순간부터 섬은 두 사람에게 따라다니는 중요한 선결 과제이다. '바라타리아섬'이야말로 세르반테스의 유토피아 사상이 실현된 공간이라고 할 수 있다.

---

[12] '바라타리아섬'은 스페인에 실제하지 않는 가상의 지명이다. '유토피아'라는 뜻이 가진 '어디에도 없는 장소'라는 의미처럼, 세르반테스는 의도적으로 스페인 땅 어디에도 없는 지명 '바라타리아섬'을 만들어서 자신이 꿈꾸어 왔던 이상향의 세계, '유토피아적 공화국'을 제시하고 있다.

"사람은 누구나 자신의 땀과 노력으로 자기의 혈통을 만드는 법입니다. 인간인 이상 저도 교황이 될 수 있고 섬의 총독이 되는 것쯤은 아무 문제없지요."(1편, 47장, 704쪽)

스페인의 철학자 카레라스 아르타우Carreras Artau는 세르반테스가 산초라는 무지하지만 순수한 혈통의 가톨릭 신자를 통해 완벽한 통치자의 모형을 보여 주고 있다고 주장한다. 이에 산초는 민주적인 통치를 중심 주제로 삼아 돈키호테와 이야기를 나눈다. 섬의 총독으로 임명되어 부임하기 전에 산초는 이렇게 말한다.

"통치를 하는 사람들이 다 왕족의 피를 가진 것은 아니니까요."
(2편, 42장, 511쪽)

그러자 이 말을 들은 돈키호테는 산초의 말에 전적으로 동의하며 이렇게 말한다.

"산초, 너의 비천한 혈통을 자랑하거라. 그리고 네가 농부 출신이라고 말하는 것을 부끄러워하지 말거라. 천민의 가계에서 태어나 교황 성하의 자리에까지 오른 사람들이 수없이 많다. 이것이 사실이라는 예를 네가 지겨워할 만큼 수도 없이 들어 줄 수 있단다. … 산초야, 네가 미덕을 중용으로 생각하고, 후덕한 행동을 하는 것을 자랑으로 삼는다면 군주나 귀족을 아버지와 할아버지로 둔 사람들을 부러워할 까닭이 없다. 혈통은 세습되지만 미덕은 얻어지는 것이며, 그리고 미덕은 그 자체만으로도 혈통이 갖지 못하는 가치를 지니고 있다."(2편, 42장, 511-512쪽)

돈키호테는 산초 판사가 바라타리아섬의 총독이 되어 떠나려 하자 총독으로서 지킬 덕목에 관해 충고를 해 준다.(42장) 이러한 총독(지도자)이 있는 세상이라면 진정한 유토피아는 아니더라도 유토피아에 근접한 세상은 될 수 있다고 말한다. 오늘날 현대사회에서도 깊이 새겨 둘 세르반테스의 귀중한 삶의 충고이자 교훈이다.

- 하느님을 두려워할 줄 알아야 한다. 신에 대한 두려움 속에 예지가 생기는 법이고, 그러한 자는 무슨 일에서나 과오를 범하지 않는다.

- 너 자신을 알라. 개구리가 황소와 맞먹으려고 몸집을 부풀리는 일은 하지 마라. 자기 분수를 알고 행동하는 것이 터무니없는 소망을 절제하는 길이다.

- 네가 농부 출신이라는 것을 부끄러워하지 마라.

- 미덕을 중용으로 생각하고 후덕한 행동을 하는 것을 자랑으로 삼아라. 혈통은 세습되지만 미덕은 스스로 터득하는 것이며, 미덕은 혈통과 비교할 수 없을 정도의 가치를 지닌다.

- 가난한 자의 눈물에 더 많은 동정심을 가져라. 부자들의 주장보다 가난한 자의 눈물에 주목하라.

- 엄한 재판관의 명성보다는 동정심을 가진 재판관의 명성이 더 좋은 법이다.

- 노역으로 벌을 준 사람에게 말로 모욕하지 마라.

이어서 돈키호테는 산초에게 섬의 총독으로 갖추어야 할 신체 및 몸가짐에 대한 두 번째 충고를 한다. (43장)

- 몸을 깨끗이 하고 손톱은 자라는 대로 두지 말고 깎아라.
- 옷을 풀어헤치거나 느슨하게 입고 다니지 마라.
- 여섯 명의 하인들에게 입힐 옷이 있다면 세 벌은 하인들에게 주고 나머지 세 벌은 가난한 사람들에게 주어라. 그러면 너는 하늘과 땅에 하인을 갖게 될 것이다.
- 마늘과 양파를 먹지 마라.
- 천천히 걷고, 말할 때는 차분히 하되 혼자만 알아듣도록 말하지 마라.
- 잠은 적당히 자도록 해라. 근면은 행운의 어머니이며, 게으름은 그 반대이니 결코 좋은 소망을 이루어 주지 못한다.
- 식사는 조금씩 하되 저녁은 더욱 적게 먹어라. 육체의 건강은 위의 운동으로부터 만들어진다.

- 포도주를 지나치게 마시면 비밀을 지키지 못하며, 약속도 이행하지 못하게 되니 음주는 절도 있게 하라.
- 음식을 게걸스럽게 먹지 말고 사람들의 앞에서 트림하지 마라.

이렇게 돈키호테는 여러 가지 몸가짐과 덕목 속에서 경천애인할 것과 오만을 경계할 것, 근면하고 공정하되 덕으로 할 것, 그리고 남을 배려하고 덕을 베풀 것을 권고하고 있다.

산초가 섬의 총독으로 부임하자마자 마을 사람들은 그의 지혜를 가늠해 보기 위해 세 건의 송사를 가져와서 산초 총독에게 재판을 부탁한다.(2편, 45장) 그리고 산초의 분별력 있는 판결을 본 섬사람들은 그가 솔로몬 같은 훌륭한 판관이라고 찬양한다. 실제로도 명판결이었다. 세르반테스가 꿈꾸던 '멋진 공화국'에서는 귀족이 아니더라도, 정직하고 미덕을 갖춘 평민도 통치자가 될 수 있다. 그런 대표적 인물로서 산초 판사는 농부들을 옹호하며 게으름뱅이와 방랑자들을 섬에서 추방하는 통치를 한다.

이처럼 바라타리아섬에서 산초의 정직하고 지혜로운 통치의 성공은, 통치술이 단지 귀족들만의 특권이 아니라 평민 계급들도 할 수 있는 것임을 보여 준다. 그리고 훌륭한 통치를 하는 데 있어 가장 큰 덕목은 법에 대한 올바른 상식과 좋은 천성임을 알려 준다.

세르반테스가 추구하는 사상 중심에는 좀 더 공정하고 자유로운 세상, 즉 유토피아의 구현이라는 꿈이 자리 잡고 있다. 그러나 세르반테스가 『돈키호테』라는 소설 전체를 오로지 유토피아적 사회를 묘사하는 데 할애했다고만은 볼 수 없다. 작가는 자연스럽게 바라타리아섬에서 그가 갈구하던 유토피아적 이상을 멋지게 드러내고 있다. 이것이 바로 세르반테스가 산초 판사를 바라타리아섬의 총독으로 만들어서 '멋진 공화국'(유토피아)을 구현한 이유라고 볼 수 있다.

돈키호테는 42-43장에서 산초가 총독으로 부임하러 떠나기 전에 글로 써 주었던 충고를 상기하면서, 바라타리아섬의 총독으로 훌륭하게 임무를 완수하고 있는 산초에게 두 번째 편지를 보내 '멋진 공화국'의 총독으로서 갖추어야 할 충고를 추가하고 있다.

"자네가 다스리는 마을의 인심을 얻기 위해서는 무엇보다 우선 적으로 다음 두 가지를 해야 할 것이네. 첫째, 내가 이전에도 말했지만 모든 사람에게 훌륭하게 봉사하는 사람이 되고, 둘째, 물자에 부족함이 없도록 하게. 굶주림과 생필품 부족보다 가난한 사람들의 마음을 지치게 하는 것은 없으니까. 법령은 많이 만들지 말게. 만일 법을 만든다면 좋은 법령을 만들도록 애쓰기 바라네. 무엇보다 사람들이 지키고 실행하는 것이어야 하니, 잘 지키지 않는 법령은 없는 것과 다름없다네. … 그러니 겁만 주고 실행되지 않는 법령은 개구리들의 왕인 대들보 같은 것에 지나지 않아. 처음에는 개구리들이 그 대들보를 두려워했지만 시간이 감에 따라서 그것을 무시하고 그 위로 기어 올라가지 않았나.[13]

미덕의 아버지가 되고 악습의 계부가 되기 바라네. 항상 엄격하기만 해서는 안 되며, 항상 물러서도 안 되네. 이 두 극단의 중간

---

13 이솝 우화에 나오는 이야기로, 개구리들이 제우스 신에게 자신들을 다스릴 왕을 보내 달라고 하자 대들보를 보냈다.

을 선택하게나. … 감옥, 가축 도살장, 시장을 방문하게. 그런 곳
에 총독이 나타나는 것은 매우 중요한 일이네. 자신의 사건이 빨
리 처리되기를 기대하는 죄수들을 위로해 주게. 푸줏간 주인들
에게는 무서운 유령이 되게. 그리하면 저울의 눈금을 제대로 맞
추어 놓을 것이니."(2편, 51장, 623-624쪽)

주인의 편지를 받자마자 산초는 답장을 쓴다. 그는 주인의
충고대로 잘하고 있으며 '멋진 공화국'에서 정직하고 청렴한 총
독으로 일하고 있다고 자부하고 있다.

"지금까지 세금에는 손도 대지 않고 뇌물도 받지 않았습니다. 앞
으로 어떻게 될지 저도 잘 모르겠습니다. 여기 사람들이 말하기
로는, 이 섬에 오는 총독들이 섬에 들어오기 전에 주민들이 총독
에게 많은 돈을 주거나 빌려주었답니다. 이게 이 섬뿐만 아니라
보통 통치하러 가는 다른 사람들에게 일반적인 관례라고 합니
다."(2편, 51장, 627쪽)

"나는 한 푼도 없이 이 섬의 총독이 되었다가 이제 빈손으로 떠납

니다. 흔히 다른 섬의 총독들이 떠날 때와는 정반대의 모양새로."

(2편, 53장, 648-649쪽)

스페인의 문학 비평가 로페스 에스트라다López Estrada 교수가 언급한 바와 같이, 세르반테스가 제시하는 유토피아는 상상 속의 완벽한 상태를 통해서라기보다는 '유토피아적' 역할을 완수하고자 하는 일상의 노력을 통해 만들어진다. 바로 그런 의미에서 돈키호테는 바라타리아섬의 통치를 이상적으로 수행하기 위한 통치자의 덕목을 나열하며 산초에게 지속적으로 충고하고 있다.

바라타리아섬은 미래에 대한 좀 더 밝은 비전을 지닌 유토피아 가운데 하나이다. 근대의 정치적 열망에 부응하여 사회적이슈를 수면 위로 떠오르게 함으로써 작가는 상하 계급의 차별이 없는 인간의 평등성을 주창한다.

세르반테스가 꿈꾸던 '멋진 공화국', 즉 '유토피아'는 촌부라도 섬의 총독이 될 수 있는 곳이다. 사실, 세르반테스 이전 문학작품들에 등장하는 통치자들은, 하나같이 왕족이거나 최소한 귀족의 혈통을 지닌 사람들이었다. 그러나 『돈키호테』를 통해 그는 문학사상 최초로 평범한 백성 중 하나를 통치자로 내세우고 있다.

따라서 우리는 산초가 '돈don'[14]이라는 칭호를 갖기보다는 오히려 평범한 서민으로서의 혈통을 유지하는 데에서 더 큰 자부심을 느끼는 모습을 볼 수 있다. 산초는 다음과 같이 말하며 귀족들의 과시적 현상을 비웃는다.

"내 생각에 이 섬에는 돌멩이보다 도네스가 더 많은 게 틀림없나 보오. 그러나 이제는 충분하다오. 하느님도 나를 이해하실 테지만, 만일 내가 이 섬을 나흘간 다스린다면 많은 사람을 괴롭히는 파리들보다 이런 도네스를 먼저 뿌리 뽑아 버릴 거외다."(2편, 45장, 543쪽)

또한, 산초의 통치는 민주적일 뿐만 아니라 대중적이다. 신하들과 그의 지위는 서로 대등하다. 산초는 이따금 감옥, 도살

---

14 귀족의 이름에 붙이는 존칭이 돈(don)이다. 도네스(dones)는 돈(don)의 복수형으로, 당시 일하지 않고 빈둥거리는 귀족들을 조소하는 의미로도 사용되었다.

장, 시장을 순시하거나, 섬의 야간 순시도 행한다. 산초는 소매 상인의 독점을 견제하고 상공업법의 한계를 극복하는 훌륭한 법률을 제정하기에 이른다.

"먼저 공화국에서 생필품에 투기하는 자들을 없애도록 명령했다. 그리고 섬에서 원하는 곳 어디에서든지 포도주를 들여올 수 있게 하는데, 포도주의 평가, 품질, 명성에 따라서 가격을 정할 수 있도록 원산지를 밝히는 이름표를 붙이도록 했다. 또한, 포도주에 물을 타거나 이름표를 바꾸는 자는 목숨을 잃게 될 것이라고 엄명을 내렸다. … 고삐가 풀린 채 치솟는 하인들의 봉급에도 기준을 만들었으며 밤이나 낮이나 음탕하고 난잡한 노래를 부르는 사람들에게는 아주 무거운 벌을 내렸다."(2편, 51장, 630쪽)

이와 같이 산초가 제시하고 있는 유토피아적 법률은 당시뿐만 아니라 현대에 있어서도 통치에 필수적인 민주적 법률임을 보여 주고 있다.

"결론적으로 그는 아주 훌륭한 법령을 만들었고 오늘날까지 그

마을에서 지켜지고 있으니, 이를 '위대한 총독 산초 판사의 법령'
이라 한다."(2편, 51장, 630쪽)

    이러한 산초의 민주적 통치와 성공의 결과는, 통치자의 자리
가 귀족 계급들만의 특권이 아니라 천성이 좋은 평민들도 수행
할 수 있는 것을 보여 준다.

    바라타리아섬이야말로 세르반테스가 구현한 유토피아 사상
이 실현된 공간이며 돈키호테의 문학적 승리이고 성공이라 하
겠다.

멋진 공화국을 꿈꾸며

1905년 돈키호테 발간 300주년을 계기로, 메넨데스 펠라요가 '미겔 데 세르반테스의 지적 문화 세계와 돈키호테의 생성'이라는 제하의 연설을 통해 세르반테스를 스페인 최고의 지성이라고 처음 언급하였다. 이것이 세르반테스 재평가의 초석이 되었다. 이후 1925년 아메리코 카스트로는 『세르반테스의 사상』이라는 책에서 세르반테스를 종교재판소의 검열과 교회의 감시를 피하려고 노력한 당대의 사상가이자 개혁가로서 평가하였다. 호세 안토니오 마라발Antonio Maravall은 "돈키호테가 당시 사회상에 대한 부적응과 비순응주의적 자세를 보여 주고 있는 것이 주지의 사실이며, 그러한 자세를 작품 전체에서 줄곧 보여주고 있다"라고 말했다.

세르반테스는 르네상스를 거쳐서 인본주의 사상과 함께 인간 중심으로 변모하는 당시 사회 속에서, 인간의 가장 고귀한 자유와 정의를 표방하고 추구하고 있다. 그는 세습으로 물려받은 혈통보다는 자기 스스로의 땀과 노력에 의해 인정받는 사회를 꿈꾸며 인간의 존엄성, 자유, 명예의 개념을 수호하고자 하였다.

돈키호테는 1편 1장에서 "모든 불의를 타파하고 공화국에 봉사하기 위해 기사가 되고자 하며, 자유와 명예를 지키기 위해서라면 목숨까지 걸어야 한다"라고 산초 판사에게 충고한다. 또한, 자유야말로 우리 인간이 하늘로부터 부여받은 가장 고귀한 보물이라고 말하면서, 하늘이 내려 준 빵 한 조각을 하늘 이외에 그 어느 누구에게도 감사할 필요 없이 자유로이 먹는 것이야말로 우리 인간의 가장 큰 행복이라고 말한다.

세르반테스가 지향하는 사상 중심에는 좀 더 공정하고 행복한 신세계로의 지향, 즉 유토피아Utopia라는 꿈이 자리 잡고 있다. 『돈키호테』 2편 상당 부분에서 그가 갈구하던 유토피아적 이상의 실체가 드러났으며, 이러한 이상의 구현이 바로 산초 판사의 바라타리아섬 통치를 통해 '유토피아적 세계' 즉 '멋진 공화국'으로 실현된 것이다.

16세기 이전 유럽 문학의 주인공들은 대개 기사, 귀족, 성직자, 왕족들이었다. 그러나 『돈키호테』에서는 농부, 상인, 주막 주인, 이발사, 하녀, 고아, 과부, 목동, 산양치기, 창녀, 뚜쟁이, 집시, 거지, 도둑, 산적, 모리스코인(기독교로 개종한 아랍인), 무어인 등 사회 언저리에 사는 모든 인간 군상들이 등장한다. 작가는 중하류 계층의 사람들도 우리의 이웃이고 이 세상을 형성하는 중요한 구성원이라는 사실을 강조하며 유럽 현대소설의 발판을 만들었다.

『돈키호테』는 결코 단순한 기사소설이 아니다. 여기에는 목가소설, 악자소설, 감상소설, 소네트, 연극 등 모든 장르가 총망라되어 있다. 그 시대까지 독립적으로 존재했던 산문의 모든 장르를 세르반테스가 『돈키호테』에 집결시켜 해박한 언어 구사와 수려한 문체로 완성하였다. 세르반테스 삶의 철학과 사상을 작품 속에 담아 인류 사상 최고의 작품을 만들었다.

『돈키호테』1편과 2편 중에서 어느 쪽이 문학적으로 더 훌륭하다고 말하기 어렵다. 왜냐하면 『돈키호테』 1편과 2편이 교향곡처럼 완성된 것이기 때문이다. 그럼에도 불구하고 대다수의 비평가들은 2편의 우월성을 인정한다. 세르반테스의 성숙한 사상과 더욱 깊은 삶의 지혜, 그리고 성찰이 돋보인다는 이유에서이다. 산초와 돈키호테, 두 사람의 대화 속 어휘 하나하나, 그 어떤 말 한마디도 버릴 수 없는 귀중한 진주알 같다.

2004년 제11차 세계 세르반테스학회를 서울에서 주최하던 날, 그 자리에 함께했던 세계 학자들로부터 『돈키호테』 1편 완역본 출간에 축하를 받았던 기억이 생생하다. 세르반테스 연구자로서 각별히 우정을 나누어 온 스페인 왕립한림원장 다리오 비야누에바Darío Villanueva 박사가 축하와 함께 추천사를 보내왔고, 세르반테스문화원 빅토르 가르시아 데 라 콘차Víctor García de la Concha 원장도 축하의 글을 보내 주었다. 두 석학의 바람대로 돈키호테가 한국 땅은 물론, 아시아의 대지를 마음껏 편력하기를 기대한다.

독자 여러분께서 『돈키호테』 첫 장부터 읽기가 어렵다면 재미있는 '액자소설'들을 골라서 먼저 읽어도 좋을 것이다. 『돈키호테』 2편의 흥미진진한 산초 판사 총독의 바라타리아섬 이야기를 먼저 읽어도 무방하다. 『돈키호테』 1편을 읽지 않고서 2편부터 읽기 시작해도 아무 문제가 없다. 국내 최초로 귀스타브 도레Gustave Doré의 삽화를 넣어서 독서의 흥미를 한층 높였다.

언제 어디서든 책을 펼쳐서 돈키호테와 산초의 모험을 자유로이 즐길 수 있기를 바란다. 그라시아스Gracias!!

참고문헌

1. 국내 단행본

김욱동, 『포스트모더니즘의 이론』, 민음사, 1994.

_____, 『근대의 세 번역가: 서재필, 최남선, 김억』, 소명출판, 2010.

_____, 『번역과 한국의 근대』, 소명출판, 2010.

박철, 『서반아 문학사』(상, 중, 하), 송산출판사, 1992.

____, 『돈키호테를 꿈꿔라』, 시공사, 2009.

____, 『16세기 서구인이 본 꼬라이』, 한국외대출판부, 2011.

박철 외, 『환멸의 세계와 문학적 유토피아』, 월인, 2016.

세르반테스 저, 『세르반테스 모범소설』 1, 2편, 박철 외 옮김, 오늘의책,
       2003.

_____, 『이혼재판관』, 박철 옮김, 연극과 인간, 2004.

_____, 『돈키호테』, 박철 옮김, 시공사, 2004.

_____, 『돈키호테』 1, 2편, 박철 옮김, 시공사, 2015.

작가 미상, 『악동 라사로의 모험Lazarillo de Tormes』, 박철 옮김, 삼영서관,
       2010.

최남선, 「둔기호전기頓基浩傳奇」, 『청춘』 4호, 1915.

토머스 모어 저, 『유토피아』, 황문수 옮김, 범우사, 1993.

페르난도 데 로하스 저, 『라 셀레스티나*La Celestina*』, 윤용욱 옮김, 지만지, 2010.

2. 해외 단행본

Avalle-Arce, Juan Bautista, *Don Quijote como forma de vida*, Fundación Juan March, Castalia, 1976.

Azorín, *La ruta de Don Quijote*, Cátedra, Letras Hispánicas, 1984.

Bataillón, Marcel, *Erasmo y España*, Fondo de Cultura Económica, Madrid, 1991.

Castro, Américo, *Hacia Cervantes*, Taurus, Madrid, 1967.

_____, *El pensamiento de Cervantes*, Barcelona, Noguer, 1972.

Cervantes, Miguel de, *Don Quijote de la Mancha, edición del Instituto Cervantes dirigida por Francisco Rico*, Instituto Cervantes, Crítica, Barcelona, 1998.

_____, *Don Quijote de la Mancha, edición del IV Centenario*, Real Academia Española, Asociación de Academias de la Lengua Española, Alfaguara, 2004.

Fernández, Jaime, S.J., *Bibliografía del Quijote*, Centro de Estudios Cervantinos, Alcalá de Henares, 1995.

Lacarta, Manuel, *Diccionario del Quijote*, Alderaban, 1994.

Madariaga, Salvador de, *Guía del lector del Quijote*, Buenos Aires, 1961.

Maravall, José Antonio, *Utopía y Contrautopía en el Quijote*, Pico Sacro, Santiago de Compostela, 1976.

Márquez Villanueva, Francisco, *Fuentes literarias cervantinas*, Gredos, Madrid, 1973.

_____, *Personajes y temas del Quijote*, Madrid, Taurus, 1975.

Márquez, Héctor, *La representación de los personajes femeninos en el Quijote*, José Porrúa, Madrid, 1990.

Osterc, Ludovik, *El pensamiento social y político del Quijote*, México, Universidad Nacional Autónoma de México, 1988.

Real Academia Española, *Diccionario de la Lengua Española*, vigésimotercera edición, Espasa, 2014.

Riquer, Martín de, *Nueva Aproximación al Quijote*, Teide, Barcelona, 1993.

Rodríguez Castillo, Justiniano, *Don Quijote por el campo de Montiel*, Ciudad Real, 2005.

Salas, Miguel, *Claves para la lectura de Don Quijote de la Mancha*, Punto Clave, 1988.

3. 국내 논문

박철, 「돈키호테를 통해서 본 스페인 국민정신, 세계인의 의식구조 I, II」, 한국외대출판부, 1977.

___, 「세르반테스의 소설에 나타난 계몽주의적 페미니즘」, 『외국문학연구』 제3호, 1997.

___, 「돈키호테에 나타난 계몽주의적 페미니즘」, 『서어서문연구』 제11호, 한국서어서문학회, 1997.

___, 「세르반테스와 인문주의(에라스뮈스 주의를 중심으로)」, 『서어서문연구』 제16호, 한국서어서문학회, 2000.

___, 「세르반테스의 연극과 에라스뮈스 사상」, 『외국문학연구』 제8호, 2001.

___, 「세르반테스 문학세계에 나타난 유토피아」, 『스페인어문학』 제30호, 한국스페인어문학회, 2004.

___, 「돈키호테 수용과정에 나타난 몰이해성」, 『비교문학』 제69집, 한국비교학회, 2016.

Márquez Villanueva, Francisco, 「새롭게 조명하는 세르반테스의 삶」, 『중남미연구』 제23권 2호, 한국외국어대 중남미연구소, 2005.

Park, Chul, 「El Hispanismo en Corea y la recepción del Quijote en Corea」, en Actas del XI Coloquio Internacional de la Asociación de Cervantistas, 17-20 de noviembre de 2004, Seúl.

4. 해외 논문

Chiappe Ippolito, Matías, 「La recepción y traducción del Quijote en Japón」, Jornadas Internacionales Cervantinas, Editorial Azul, 2013.

Conde, Francisco Javier, ⌜La Utopia de la ínsula Barataria⌟, en Escorial, Revista de cultura y letras, Tomo III, Madrid, 1941.

Jansenson, Esther, ⌜El arte de la traducción⌟, en II Congreso Internacional de la Lengua Española, Valladolid, 2001.

Martí, Antonio, ⌜Las Utopías en Don Quijote⌟, Anales Cervantinos, Tomo XXIX, CSIC, Madrid, 1991.

Park, Chul, ⌜El feminismo ilustrado en el mundo literario de Cervantes⌟, Actas del Congreso de la Asociación de Cervantistas, Universidad de le Illes Baleares, 1998.

_____, ⌜La libertad femenina en los entremeses de Cervantes: El juez de los divorcios y El viejo celoso⌟, en Anales Cervantinos, Tomo XXXV, CSIC, Madrid, 1999.

_____, ⌜La República bien ordenada en el mundo literario de Cervantes⌟, en Actas del IV Congreso Internacional de la Asociación de Cervantistas, (Lepanto 1-9 de octubre de 2000), Tomo I, Universidad de le Illes Baleares, 2000.

_____, ⌜La República utópica en El Quijote⌟, Revista de Educación, El Quijote y la Educación, número extraordinario 2004, Ministerio de Educación y Ciencia, Madrid, 2004.

_____, ⌜Cada uno es hijo de sus obras, concepto moderno del Quijote⌟, en Actas del XII Coloquio Internacional de la Asociación de Cervantistas, Argamasilla de Alba, 6-8 de mayo de 2005.

[세창명저산책]

· 세창명저산책은 계속 이어집니다.